KB002691

던전사냥꾼

Dungeon Hunter

던전사냥꾼 9
Dungeon Hunter

온후 현대 판타지 장편소설

초판 1쇄 찍은 날 | 2016년 10월 25일
초판 1쇄 펴낸 날 | 2016년 11월 1일

지은이 | 온후
펴낸이 | 예경원

기획 | 위시북스
편집책임 | 박우진
편집 | 이즈플러스

펴낸곳 | 예원북스
등록번호 | 제396-2012-000132호
등록일자 | 2012. 7. 25
KFN | 제1-037호

주소 | 경기도 고양시 일산동구 호수로 646-24 위너스21 II 빌딩 206A호 (우)10401
전화 | 031-819-9431 팩스 | 031-817-9432
E-mail | yewonbooks@naver.com

ⓒ온후, 2016

ISBN 979-11-5845-410-4 04810
     979-11-5845-629-0 (set)

온후 현대 판타지 장편 소설

WISHBOOKS MODERN FANTASY STORY

던전사냥꾼

Dungeon Hunter 9

던전사냥꾼
Dungeon Hunter

CONTENTS

Chapter 62
달의 마법사

Dungeon Hunter

해골류의 마수는 총 네 가지였다.

특히 워록. 가디언은 전생에서 몇 차례 본 적이 있기에 익숙한 이름이었다.

마도에 정통한 판데모니엄이 직접 대량으로 생산한 종류인데, 개체 하나하나가 아주 강하다고는 할 수 없었지만 모이면 모일수록 감당할 수 없을 만큼 강해졌던 기억이 있었다.

한데 카오스 솔져는 생소하기 그지없었다. 뿐만 아니라 그다음 항목은 나를 놀랍게 하기 충분했다.

'본 드래곤.'

최상급 2Lv의 마수!

최대 2마리까지 구매할 수 있다는 표시가 있었다.

'나락군주는 최상급의 마수를 상당 숫자 보유하고 있었군.'

하기야 신이 되려고 한 인간이 나락군주였다. 인간으로선 절대로 범접하지 못할 경지에 도달했고 마족들에게도 공포를 안겨준 절대자가 그다.

지저 세계까지 만들어놓고 준비를 할 지경이니 최상급의 마수를 다수 보유한 것도 이상하진 않았다. 어쩌면 다른 봉인된 창고에도 이와 비슷한 최상급의 마수가 있을 가능성이 있었다.

'양보단 질이다.'

잠시 턱을 쓸었다. 워록이나 가디언으로 숫자를 채울 수도 있겠지만, 차라리 확실한 마수 하나를 맡기는 게 전략적인 측면에선 더 나을 수도 있었다. 어차피 막시움이 우파를 괴롭히는 과정은 정면 승부보다 게릴라전에 있기 때문이다.

결집된 소수는 다수를 압박할 수 있다. 막시움만큼 효율적인 싸움을 하는 노장도 드물었다. 적어도 전략적인 측면에선 나보다 막시움이 나았다.

'그럼……'

구매할 것을 결정하곤 고개를 끄덕였다. 상당한 지출이 되겠지만 충분히 투자할 가치는 있었다.

남아메리카 브라질 벨렘.

과거 상업과 교통의 중심지였던 항구도시.

본래는 인구 백만이 넘는 도시였으나 지금은 사람을 찾아보기 어려울 정도로 황폐화된 장소.

그곳에 막시움이 터를 잡았다. 오천에 달하는 해골 병사를 이끌고 분전했으나 적은 강대했고 시간을 지연시키는 정도의 성과밖에 거두지 못했다.

물론 그것만으로도 대단하긴 했다. 천하의 우파가 뒤를 잡힐까 봐 쉽사리 전군을 진격시키지 못하고 있었으니 말이다.

하지만 그것도 오래가진 않았다. 오천의 숫자가 지금은 반도 안 되는 이천뿐이었다. 해골 병사들의 질도 그다지 좋은 편이 아니다 보니 아무래도 한계가 있었다.

"흐음, 보급은 필요 없다지만 병력의 충원은 아쉽구나."

바닷가 근처에서 자신의 말은 탄 채 막시움이 중얼거렸다.

죽은 시체를 이용해 만든 병사다. 먹을 거나 생활용품 같은 건 필요 없었다. 문제는 병력의 충원 속도가 원체 느리다는 것이다.

고개를 돌리자 조금 떨어진 장소에 뼈가 수북이 쌓여 있었다. 그 근처에서 두 리치가 병사들을 지휘하며 뼈들을 조합하는 중이었다.

인간의 것도 있고, 마수의 것도 있고, 동물의 것도 있지만 저 모두를 활용해서 병사로 만들 수는 없었다.

"그때 기습만 없었어도…… 끄응."

오지에 떨어져서 잘 알지도 못하는 적을 방해하는 일이다. 걸리는 장애물이 없는 건 말이 안 되지만 전진기지를 확보함에 있어서 실수를 하고 말았다. 그 탓에 우파 휘하의 공작에게 걸렸고 늦은 저녁, 기습을 당했다.

조금만 늦었어도 모든 병사를 다 잃을 뻔했다. 이만큼 보존한 것도 막시움의 기량이 있었기 때문에 가능한 것이었다.

'충원을 하려거든 지금이 적기일진대.'

우파가 진격을 멈췄다. 남아프리카에 주둔하며 몸을 움츠린 채 움직이지 않고 있었다.

처음에는 이곳이 발각되어 먼저 쓸어버리려는 심산인 줄 알고 긴장했으나, 후에 신성지대인지 뭔지가 나타나며 마족들이 대대적으로 활동을 축소시켰다는 말을 들을 수 있었다.

어쨌든 아무 방해 없이 병력을 늘리려면 지금밖에 없다.

그간은 한 장소에 5일 이상을 머무른 적이 없어서 가뜩이나 느린 생산 속도가 극악이 되었다.

"작업은 잘되어 가고 있나?"

막시움이 두 리치에게 다가가 물었다.

"여기 인간, 너무 약하다. 좋은 뼈, 별로 없다."

"그래도 속도를 올려주게. 지금의 두 배는 되어야 해."

"손이, 적다! 둘이선 이 정도가, 한계다."

리치의 음성은 단호했다.

무덤이나 죽어 있는 시체들을 모아서 뼈를 빼내었으니 그야 좋은 재질이 나올 리 만무하지만, 그래도 하루에 서른 기가 한계이니 너무 아쉬울 수밖에 없었다.

계속해서 해골 병사들이 움직이며 뼈를 모으는 작업을 계속하는 중이었다. 달그락대는 소리가 주변을 가득 채웠지만 막시움은 만족스럽지 못했다.

'황제 폐하가 나를 믿고 맡기신 일이다. 고작 여기서 멈춘다면 무슨 수로 얼굴을 들고 다닌단 말이냐.'

지저 세계. 공활하고 공허한 곳. 거기서 막시움은 잔혹한 사령관으로 이름을 날렸다.

다른 사령관들과 달리 그만이 중립을 유지하며 보물 창고를 노리는 사령관들의 싸움에 끼어들지 않았다. 그저 방관했다고 할 수도 있겠지만, 실상은 언젠가 돌아오실 그분을 위해 최소한의 병력이라도 온전하게 남겨두고자 한 것이었다.

진정으로 보물 창고를 겨냥하는 이가 있다면 그때는 움직였겠지만…… 그는 반쯤 지쳐 있기도 하였다.

그러던 찰나 이상한 세계에 강제로 소환되고 그분의 심장 소리를 들었다. 자신이 해야 할 일이 무엇인지 그때야 비로소 확신하게 되었다.

지저 세계로 돌아온 직후 즉시 사령관들의 싸움을 멈추고자 바쁘게 움직였다. 이후 그분이 직접 지저 세계에 찾아왔을 땐 얼마나 놀랐는가.

운명이라는 말은 싫어하지만 자신은 땅에 묻히는 그날까지 그분을 위해 헌신하겠다고 몇 번이나 맹세한 뒤였다.

그 맹세에 보답이라도 하듯 이처럼 중요한 일을 직접 맡기셨건만⋯⋯. 여기서 멈춰 설 수는 없었다.

'약소 던전을 치고 차지하는 것도 한 가지 방법이겠지.'

약간 극단적이긴 하지만 가장 확실한 방법이기도 했다.

우파 휘하 마족들의 던전이 어디에 위치해 있는지는 대략적으로 파악한 상태였다. 그중 가장 약한 곳을 뚫고 차지하면 단번에 전력을 충원할 수 있을 것이다.

문제는 그 뒤다. 우파가 가만히 있을 리가 없었다. 그의 대군이 얼마나 대단한지 직접 보았기에 섣불리 할 수 없는 선택이었다.

화아아악!

쿠우우웅!

막시움이 다른 방법을 없는지 한참을 모색하고 있던 순간이었다.

거대한 돌들이 사방에 떨어지기 시작했고 대지가 찢어지며 불길이 치솟아 올랐다.

'이 기색은…… 백작 아르엔투!'

마력에서 느껴지는 고유의 기색. 일전 기습을 받았을 때 싸운 적이 있었던 백작 아르엔투의 것이 분명했다.

아무래도 어디선가 뒤를 잡힌 듯싶었다.

시선을 돌려 바다를 바라보자 크라켄 몇 마리와 거대한 배가 속속들이 모습을 드러내는 중이었다.

이만한 부대가 움직일 때까지 전혀 눈치채지 못하고 있었다. 실책이라면 실책이지만 이해가 되지 않았다.

'최대한 방비를 해놨건만…… 대체 어떻게?'

리치를 통해 마법진을 곳곳에 설치하고 병사들을 대거 망을 보는 데 투입했다. 그런데 어떠한 소식도 들려온 게 없었다. 지척까지 도달하고 공격을 시작한 뒤에야 눈치를 챘을 정도다.

'엄청난 실력의 마법사가 있구나.'

리치와는 비교도 안 될 수양을 쌓은 마법사가 있지 않고선 불가능한 일이다.

막시움이 급히 검을 뽑았다.

"대열을 유지하고 응전하라!"

적은 작심을 했다.

아무래도…… 쉽지 않을 싸움이 될 것 같았다.

우파 휘하의 백작인 아르엔투가 이를 드러내며 웃었다.

"후후, 놈의 표정이 가관이군. 바로 뒤를 잡을 때까지 눈치를 못 챘으니 그럴 만도 하지."

아르엔투는 막시움을 죽이라는 명령을 받았다. 하지만 놈은 가까이만 다가가면 귀신같이 알아차리곤 도망가기 일쑤였다. 어찌나 일사분란한지 좀처럼 잡을 수가 없었다.

혹은 막시움 본인이 직접 시간을 끌기도 했다. 최소한 최상급 3Lv로 측정되는 무력의 소유자라서 일대일로는 녀석을 상대하기가 쉽지 않았다.

하지만 그것도 오늘로서 끝이었다.

아르엔투가 음흉하게 웃고는 뒤를 돌아봤다.

기다란 목줄이 채어진 채 개처럼 네 발로 앉아 있는, 너무나 긴 머리카락 때문에 남자인지 여자인지도 구분이 안 되는 자가 그곳에 있었다.

바로 우파가 직접 아르엔투에게 하사한 물건이었다.

능히 최상급의 마수도 속일 수준의 대단한 마법사. 약간의 제약이 있기는 하지만 매우 쓸 만했다.

'우파 님께서 기회를 주셨다. 이번에는 반드시 잡아야 한다.'

막시움!

죽음의 기사.

어디서 나타났는지 도무지 알 수가 없는 놈이었으나, 이번에 잡아서 반드시 진실을 듣고 말 테다.

천사들처럼 이벤트 마수일 가능성도 없지는 않지만 이상한 점이 한두 가지가 아니었다. 누군가가 노리고 놈을 풀어놨다는 인상을 지울 수가 없었다.

"도망칠 곳은 없다. 육지도, 바다도, 땅 밑마저 너의 죽음이 기다리고 있으니."

아르엔투가 손을 들었다. 동시에 그의 스킬 중 하나인 '대지 폭발'이 발현되었다.

콰아앙!

대지에서 솟구친 불이 사방을 에워쌌다. 뼈조차 녹이는 뜨거운 불꽃이 해골 병사들을 집어삼켰다.

최악의 상황을 상정하고 움직이는 게 노련한 노장의 덕목이다.

막시움은 이 비슷한 상황이 올 때를 대비해 이동 마법진을 미리 설치해 뒀다. 막대한 재료가 들어가고 마법진을 옮길 수 없다는 제약이 있지만 이곳을 거점으로 삼은 이상 대비할 필요가 있다고 여긴 것이다.

'리치들과 주요 병사들이 빠져나갈 시간을 벌어야 한다.'

이동 마법진이 발현되는 데에도 상당한 시간이 들어간다.

그 시간을 벌어야 했다. 그리고 만약의 상황 속에서도 자신만은 살아남아야 했다. 설령 병력 모두를 잃는 한이 있어도.

막시움 자신이 그 이상의 값어치가 있기 때문이다.

하나 처음부터 실패를 상정하고 혼자 후퇴할 순 없었다.

아슬아슬할 때까지 시간을 벌어볼 작정으로 막시움이 나섰다. 그의 검이 황금색으로 찬란하게 빛나며 주변을 마구 휩쓸었다. 켈베로스를 비롯한 수많은 마수가 그의 근처에서 산화되었다.

'아르엔투!'

그러나 막시움의 눈은 오로지 한 지점만을 노려보고 있었다.

백작 아르엔투, 그리고 그 바로 옆에 있는 정체불명의 생명체다.

'저놈이로군.'

본 즉시 깨달았다. 대단한 마법사라고 생각한 녀석이 바로 저거였다. 녀석의 주변에 흐르는 마력은 매우 이질적이었다.

'저놈만큼은 반드시 죽여야 한다.'

이번 한 번으로 끝나지 않을 것이다. 이만한 규모의 기습이 있었으니 어떻게든 붙어올 게 분명했다. 쫓기는 상황에서 저 마법사는 위험하다. 아주 위험한 느낌이 들었다.

'살아 있거든 황제 폐하에게도 걸림돌이 될 터.'

적어도 빠져나가기 전에 아르엔투보다 저 마법사를 없애는 게 급했다.

마법, 흑마법에 있어선 견줄 자가 거의 없다는 리치들마저 아예 무력화시킨 장본인이다. 아무리 황제 폐하께서 전지전능하다고 한들 귀찮아질 게 틀림없었다.

그러니 신하 된 자로서 싹을 끊는 게 최선일 것이다.

"검이여!"

후우우웅!

검이 잘게 떨며 황금의 빛을 더욱 넓게 확산시켰다.

그 직후, 막시움이 말의 등을 차곤 모든 마수를 무시한 채 달리기 시작했다.

나는 미간을 구겼다.

'이상하군.'

출발하기 전 막시움에게 먼저 연락을 줄 셈이었는데 수정구가 빛을 잃었다. 파괴되었거나 연락을 할 수 없는 상황이라는 방증이다.

무슨 일이 생겼다면 그 전에 먼저 보고를 해왔을 것이다. 하지만 아무것도 없는 걸 보아 무언가가 급작스럽게 일어난 것이 분명했다.

'누군가에게 습격을 받았다면 막시움이 알아차리지 못할

리가 없을진대.'

막시움의 무력, 사령관으로서의 능력은 제법 출중한 것이었다. 그가 가만히 넋 놓고 기습을 당할 리 만무하다. 만에 하나의 상황에 대비하여 몇 가지 굴은 파뒀으리라.

한데도 의구심이 인다. 감이 좋지 않았다.

약간의 예지를 얻은 뒤 내 감은 더욱 날카로워져 있었다. 이런 느낌이라면 열 중 아홉은 맞는다고 봐도 무방했다.

두둑. 달그락.

수정구를 다 살펴갈 무렵 등 뒤에서 들려오는 소리가 있었다.

몸을 돌리자 특이하게 생긴 해골 두 기가 나를 반겼다.

'카오스 솔져.'

거미를 연상시키는 8개의 다리, 두 개의 몸통!

머리도 당연히 두 개였고 팔은 네 개였다. 모두 뼈로 이루어졌으며 기하학적이라 하기 충분한 모습이었다.

바로 이 두 기가 카오스 솔져다.

심안을 열자 즉시 두 마수의 상태창이 떠올랐다.

이름 : 카오스 솔져

능력치 :

힘 101

지능 66

민첩 88

체력 99

마력 77

잠재력 (431/431)

특이사항 : 혼돈 속에서 태어난 강력한 해골 병사.

스킬 : 혼돈과 파괴(Epic), 초가속(Ex U)

해골류의 마수치곤 아주 훌륭한 능력치다. 스킬도 에픽 등급이 하나 있었다. 일반적으로 구매할 수 있는 마수의 한계를 뛰어넘는 훌륭한 표본이었다.

내가 앞서 나가자 두 카오스 솔져가 바짝 내 뒤를 쫓았다. 이윽고 던전의 입구로 다가가니 모든 구조물이 초라해질 법한 마수가 바닥에서 대기하고 있었다.

두 마리의 본 드래곤!

예상보다 지출이 컸지만 구매해도 전혀 손해가 아니라고 생각했다. 본 드래곤을 마계 옥션에서 구매한다면 경쟁 때문에 5, 600만 포인트 이상은 들어갈 것이었다.

본체만 족히 100m에 가까운 크기. 날개는 그보다 배는 컸다. 그런 마수가 무려 두 마리다. 어찌 압도당하지 않을 수 있겠는가.

나는 천천히 본 드래곤의 위에 올랐다. 카오스 솔져도 본 드래곤 위에 한 기씩 서서 고삐를 잡았다. 카오스 솔져와 본 드래곤의 조합이 어떠한 파괴력을 낳을지 상상하는 것만으로도 오금이 저려올 수준이었다.

물론 마룡에 미치지는 않으나, 그래도 용족이지 않은가!

용족은 고고하고 자존심이 매우 강하다. 그들을 따르게 하는 건 거의 불가능에 가깝다. 하여 용족을 끌고 다니는 마족을 나는 상당히 부러워했었다.

이제는 내가 직접 본 드래곤을 조종할 수 있었다. 마룡보다 살짝 못 미친다 뿐이지, 본 드래곤은 언데드나 해골류의 마수 중 최고봉의 자리에 올라 있었다.

"마스터~ 어디 가세요?"

막 낮잠을 잤는지 이히가 눈을 비비며 자리에 나타났다.

"막시움을 만나러 간다. 급한 일이 생기거든 보고하도록."

"이히가 제일 잘하는 게 보고여요. 이히히."

크게 믿음은 안 갔지만 그래도 그간 많은 사고를 치며 조금은 성숙해진 이히다. 급한 일이 생긴다면 먼저 보고부터 하기는 할 것이었다.

물론 그 '급한 일'의 관점이 이히에게 조금 달리 적용할 수도 있었지만, 크리슬리와 타쉬말 모두가 바쁘니 어쩔 수가 없었다.

"작은 일은 줄리엄과 상의하라."

다크 엘프의 장로 줄리엄이라면 어느 정도 신뢰할 수 있었다. 거듭된 내 말에 이히가 마음이 상했는지 볼을 작게 부풀렸다.

"이히를 믿으셔요, 마스터. 문제 안 생기게 이히가 눈 부릅뜨고 감시할게요."

잠이나 안 자면 다행이다.

나는 본 드래곤 위에 올라 발을 한 차례 굴렸다.

구아아아아아!

그러자 본 드래곤이 포효하며 날개를 펼쳤다.

카오스 솔져가 잡은 고삐를 더욱 강하게 쥐자, 본 드래곤 두 마리가 비상하며 던전의 입구를 빠르게 빠져나갔다.

"다녀오세요~"

이히가 그 뒤에서 최대한 정성스럽게 배꼽 인사를 했다.

마지막으로 연락이 닿은 곳은 브라질이었다. 벨렘이라는 작은 도시에 몸을 숨긴 채 병력을 점검하고 있다는 말을 들었다.

거리가 조금 있었지만 본 드래곤의 비행 속도는 상상 이상이었다. 반나절 만에 목표한 장소에 도달할 수 있었다.

바다에 인접했으나 이미 폐허가 된 도시.

온갖 마수의 시체와 뼈가 즐비했다.

나는 본 드래곤에서 내려 가만히 주변을 살피다가 결론을 내렸다.

"습격을 당했군. 바로 근처에서."

말 그대로 습격이다. 예상하지 못한 시기에 막시움이 크게 당한 것이다.

다행히 막시움으로 보이는 시체는 없었다.

범인은 보나마나 우파거나 놈의 휘하 마족 중 하나이겠지만, 싸움의 흔적이 격렬한 것으로 보아 고전을 면치 못한 듯 싶다.

'마수만 건네주고 한발 빼려 했거늘.'

그동안은 굳이 내가 전면에 나설 필요가 없었다. 우파를 방해하면 아리엘이 알아서 처리할 것이고 나는 그곳에 낚싯대만 들이밀면 되었다.

한데 방해를 해야 할 막시움이 당했다. 아직 완전히 당하지 않았다고 하더라도 그 비슷하게까진 되었을 것이다.

'찾아야 한다.'

막시움은 사용할 데가 많았다. 이런 곳에서 잃기는 아까웠다.

"주변을 뒤져라. 이상한 흔적이 보이면 바로 내게 알려라."

쉬이이이.

백여 마리의 쉐이드가 움직이기 시작했다. 연락이 끊긴 뒤, 혹시 모를 상황에 대비해서 쉐이드를 대동하길 잘했다.

대략 30여 분 정도가 지나자 쉐이드가 하나둘 돌아와 나를 안내하였다. 대부분이 별거 없는 흔적이었으나 의미심장한 표식 하나를 발견했다.

'이동 마법진.'

허름한 폐가 안, 반쯤 지워지긴 했으나 틀림없는 이동 마법진의 흔적이었다.

이동 마법진을 설치하려면 상당한 시간과 재료가 들어간다. 다른 마족이 했을 리는 없고, 이곳에 머물던 막시움을 제외하면 따로 설치할 이가 없었다. 습격을 눈치채지 못했을 때를 대비하여 설치해 둔 것이다.

'마력의 흐름은 끊겨 있군.'

아쉽게도 이동 마법진의 형태만 발견했을 뿐, 마력 회로는 완전히 차단되어 있었다. 이래선 마력의 흐름을 따라서 쫓을 수가 없었다.

'막시움을 따르는 누군가가 마력의 흐름을 고의적으로 차단해 뒀어.'

관자놀이를 한 차례 눌렀다. 습격을 당했고, 빠르게 대피했다면 마력 회로를 차단할 겨를이 막시움에게 있을 리 없었다.

필시 막시움을 습격한 쪽에서 지웠으리라.

'왜?'라는 의문이 생기지만, 놈들은 막시움에게 조력자가 있다고 믿는 게 분명했다.

'나라고 확정 짓진 못했으나 의심은 하고 있는 단계.'

생각보다 미련하진 않은 모양이다. 어쨌든 현명한 판단이었다. 덕분에 여기서 나도 막혀 버렸으니 말이다. 흔적만 남기고 지워져 버린 걸 복구할 능력은 내게 없었다.

"흠······?"

주변을 살피던 도중, 어지럽혀진 폐허 안에서 허름한 검 하나를 발견했다.

"이건······ 막시움의 검이로군."

별 볼 일 없이 평범해 보이는 검을 손에 쥐었다.

막시움이 사용하던 검이 분명했다. 싸울 땐 황금빛의 찬란한 색을 내뿜으며 적을 양단하지만 평상시엔 이러한 모습이었다.

아무래도 이 검을 적들이 발견하지 못한 이유는 그래서일 것이다. 그들이 보아온 막시움의 검은 항상 빛나고 있었을 테니까.

검에 마력을 주입했다. 그러자 얕은 황금빛이 검 주변을 맴돌았다.

부르르!

순간 검이 잘게 떨었다. 의아함을 느끼고 검을 꺾자 떨림이 멎었다. 다시 처음처럼 자세를 잡자 검이 부들부들 울었다.

'검이 동남쪽에 반응한다.'

고개를 주억였다.

아무런 이유 없이 떨지는 않을 터.

거의 전례가 없는 경우지만 오랫동안 사용한 검에는 자아가 깃든다. 막시움은 수천 년 이상 이 검 하나만을 사용했으니 충분히 가능한 이야기였다.

완전한 에고소드는 아닐지라도 주인이 어디 있는지 정도는 알 수 있을 테지.

나는 폐허를 나왔다.

이후 본 드래곤 위에 올라타곤 말했다.

"동남쪽으로 간다."

남아메리카는 온전한 우파의 영역이었다. 나도 마구 활개치며 돌아다닐 수는 없었다. 걸려도 빠져나갈 수는 있으나 그 이후가 문제될 수 있었다.

'누군가가 따라붙었군.'

이 근처에 자리 잡은 마족이라면…… 드룸인가?

별 볼 일 없는 녀석이나 자기의 영역에 상당한 애착을 가진 마족이다.

저 멀리서 와이번 수십 기가 맹렬히 추격하는 중이었다.

"속도를 높여라."

하지만 와이번 따위가 본 드래곤의 속도를 따라잡을 수는 없었다.

후아아앙!

본 드래곤이 날개를 더욱 활짝 펼치며 허공을 빠르게 날았다.

몇 번의 추격이 더 있었지만 별일 없이 털어내곤 검이 강하게 반응하는 장소에 다가갔다. 산이 아주 많은 장소였는데 이곳 어딘가에 막시움이 있는 게 분명했다.

"여기서 대기하도록."

본 드래곤은 움직이는 순간 발각될 수밖에 없다. 하여 최대한 본체를 숨기고 나 혼자 움직였다. 카오스 솔져도 본 드래곤의 근처에 있게 하였다.

'죽음의 냄새가 나는군.'

산기슭으로 깊이 들어갈수록 미간이 찌푸려졌다. 마수의 흔적은 거의 보이지 않지만 기분 나쁜 냄새가 주변을 맴돌고 있었다.

지저 세계에서 사령관을 죽였을 때도 이와 비슷한 냄새가 사방에 퍼졌다. 아주 미약하지만 지독한. 하나 이곳은 지구였고 지저 세계의 사령관은 막시움밖에 없었다.

막시움에게서 나오는 냄새가 분명했다.

'확인해 보기 전까진 모른다.'

우파가 직접 나섰다면 모를까 막시움이 쉽게 당했으리란 생각은 전혀 들지 않았다.

쯧.

혀를 차곤 움직임에 박차를 가했다.

막시움의 검이 가리키는 방향으로 이동하자 곧 동굴 하나를 발견했다. 동굴 안쪽에서 더욱 강한 냄새가 흘러나오고 있었다.

여기다. 막시움은 이 안에 있다.

안으로 들어가자 동굴이 제법 길게 이어져 있었다. 그러나 다른 병사들은 전혀 보이지 않았다.

곧 동굴의 깊숙한 장소에서 나는 동굴 벽에 기댄 채 쓰러진 막시움을 발견할 수 있었다.

말의 꼬리뼈를 부여잡곤 아예 의식을 잃은 모습이었다. 단순히 겉모습으로는 죽었는지 살았는지 분간하기가 어려웠다.

"막시움."

주인으로서 마력을 개방하며 목에 힘을 주어 말했다.

수십 초가량을 기다렸고, 막시움이 미세하게 움직였다.

"황제…… 폐하……?"

나를 알아보곤 막시움이 일어서려고 하였다. 나는 그를 막아서며 입을 열었다.

"맞다. 억지로 일어날 필요는 없다. 대체 어찌 된 일인지 경위를 설명하라."

"달……."

"달?"

"거대한 달의 마력을 품은…… 마법사가……."

막시움의 이야기는 거기까지였다. 다시 정신을 잃곤 몸을 축 늘어뜨린 것이다.

나는 천천히 막시움을 어깨에 얹었다.

'마족이 아닌 마법사라.'

상대가 마족이었다면 그 이름을 내게 말했을 것이다. 하지만 막시움은 '마법사'라고 말했다.

하지만 달의 마법사라 하면 딱히 떠오르는 기억이 없었다. 인간 각성자 중 몇몇 비슷한 이름을 지닌 이가 떠올랐지만, 그들 수준으로 막시움을 해하는 건 불가능하다. 시기도 맞지 않았다.

'우파가 또 무슨 짓을 저질렀나 보군.'

고개를 저었다. 일단은 막시움을 치료하는 게 먼저였다.

막시움이 제정신을 차린 건 그로부터 이틀이 지난 후였다.

그동안 나는 산속 깊은 곳에 자리를 잡고 주변을 경계하며 조용히 숨죽이고 있었다. 몇몇 마족이 주변을 두르는 기척을 느낀 탓이다. 필시 막시움을 찾고 있는 것이리라.

"어찌 된 일이냐."

막시움이 깨어난 직후, 나는 단도직입적으로 물었다. 어차피 이미 죽은 몸인지라 따로 체력을 회복시키거나 할 필요가 없었기 때문이다.

막시움은 급히 한쪽 무릎을 꿇으며 예를 갖췄다.

"……기습을 당했습니다."

"안다. 하나 이해가 안 되는군. 어지간한 습격이라면 가만히 당해줄 리가 없을 텐데. 아니면 내가 막시움 너를 너무 과대평가한 것인가?"

모든 병사가 전멸했다.

막시움 홀로 살아남았다.

마족들의 수준이 아무리 높다고 해도 아직 막시움을 뛰어넘는 이는 거의 없었다. 그런데 이만한 고비를 준 녀석이라……. 상상이 가지 않았다.

"죄송합니다, 황제 폐하. 제 능력이 부족하여……. 하나, 감히 말씀드리건대 마족 아르엔투 따위가 저를 어찌할 순 없습니다."

"백작 아르엔투가 습격을 주도했나 보군."

나도 아는 녀석이다. 백작치고는 제법 강단도 있고 강하기도 해서 전생에선 꽤 이름을 날렸다. 우파의 휘하로서 나중에는 공작급으로 세를 불린 몇 안 되는 마족 중 하나였다.

막시움이 살짝 고개를 들었다. 이후 눈을 빛내며 말했다.

"맞습니다. 하지만 아르엔투의 옆에는 정체 모를 놈이 있었습니다. 강대한 달의 마력을 지닌 마법사! 순식간에 주변을 밤으로 물들이는 특이한 마법사였습니다."

쓰러지기 직전 막시움이 입에 담은 말이다. 안 그래도 그에 대해 궁금증이 치밀어 오르던 때였다. 게다가 막시움에게 이만한 상처를 남긴 건 그 마법사인 듯했다.

"자세히 설명해 보라."

"놈은 주변을 '밤의 공간'으로 물들일 수 있습니다. 그 공간은 따로 격리되며, 바로 지척에 오기 전까진 결코 눈치챌 수 없지요. 그리고 그 안에서만큼은 무적과도 같은 힘을 발휘합니다. 물론…… 황제 폐하에게는 한참을 못 미칩니다만……."

요컨대 그 능력 탓에 기습을 알아차리지 못했다는 의미다. 그리고 막시움의 끝말이 흐린 걸 보아 스스로도 반신반의 하는 모습이었다.

'그만큼 강하다는 뜻이겠지.'

미간을 좁혔다. 이와 같은 시기에 달의 힘을 사용하는 막강한 마법사라.

그러나 약간 의외이긴 하다. 그만한 존재가 있었다면 아리엘과의 싸움에서 상당히 유리한 고지를 점했을 것인데 막상막하의 대결을 이어가고 있다고 들었다.

아니, 그만한 마법사가 나타났다면 어떤 식으로든 내가 소식을 들었어야 옳다. 크리슬리에게 시켜서 세계 각지에 적지 않은 패밀리어를 뿌려두었으니 말이다.

'사용할 수 없는 이유가 있는 건가?'

아마도 '달의 마법사'라는 놈은 전면에 나선 적이 없다. 아리엘을 무시하는 처사가 아니라면 사용할 수 있을 때 사용해야 옳거늘. 그러지 않은 걸 보면 분명히 숨겨야 하는 이유가 있는 것이다. 어쩌면…… 막시움을 상대로 힘을 시험해 본 것인지도 모르겠다.

'우파, 무슨 짓을 저지른 거지?'

관자놀이를 가볍게 두드렸다. 달의 마법사는 초월자의 영역에 든 강자일 가능성이 있었다. 아니면 특수한 조건에서 그만한 힘을 발휘하는 것이거나.

소환인가, 아니면 특수한 업적을 달성한 것인가.

어쨌든 예상외의 변수인 건 확실했다.

"알아낸 건 그게 전부인가?"

"아르엔투가 마법사를 관리하고 있단 말을 들었습니다. 저를 찾아내고 없애기 전까진 항시 아르엔투의 옆에 있겠지요."

아르엔투만 감시하면 달의 마법사가 어디에 있는지 알 수 있다는 것이다. 그러나 그 '밤의 영역'이라는 게 못내 걸렸다.

막시움은 지척에 오기 전까지 알아차리지 못했다.

내 감지마저 벗어날까?

'미지의 적만큼 까다로운 게 없지.'

선택의 기로에 섰다. 무시하고 지나가도 상관은 없지만 힘의 균형이 문제다.

내가 바라는 건 어부지리였다. 아리엘과 우파가 싸우고 그중 승자를 잡아먹는 게 목적이었다. 한데 우파가 초월자만큼 강력한 존재를 필두로 싸운다면 승부가 이미 정해진 것과 같다.

만약 지금 그 마법사를 내보내지 않는 이유가 사라진다면 압도적인 승리를 일궈낼 것이다. 그리되면 더욱 커진 우파를 상대해야 한다. 여간 까다로운 일이었다.

싹을 자른다…….

이것도 선택지 중 하나가 되겠지만 조용히 처리해야 뒷일이 없었다.

"막시움, 달의 마법사를 조용히 끌어낼 비책이 필요하다. 적어도 나와 일대일의 상황이 되게끔."

전략, 전술에 관해서 나는 문외한이다. 아는 게 별로 없었다. 예전에는 이게 문제가 됐지만, 지금은 나보다 잘 아는 휘하의 마수에게 시키면 된다는 생각이 있었다. 그리고 막시움은 그 방면에선 상당히 믿을 만했다.

막시움은 잠시 입을 닫곤 생각하는 시간을 가졌다.

"있습니다만…… 꽤 많은 병사가 필요합니다."

다시 입을 열었을 때 막시움은 매우 진중한 표정이었다.

하여 나는 짧게 답했다.

"많은 숫자는 지원해 줄 수 없다."

추가적으로 병력을 충원하고 싶지만 여기까지 도달하는 게 걸림돌이었다.

현재 우파의 휘하 마족들이 이 주변을 꽁꽁 감싸고 눈에 불을 켠 채 감시하는 중이었다.

나 역시 차라리 본 드래곤 2기와 카오스 솔져 2기만 끌고 온 게 다행이었다. 그보다 숫자가 많았다면 홍역을 앓았을 터.

"많은 숫자는 필요 없습니다. 그보단 질이 중요합니다."

"그럼 간단한 문제이지. 따라와라."

현재 이곳은 동굴의 안이었다.

내가 앞서 나가자 막시움이 따라붙었고 나는 산기슭을 내려가며 조금씩 마력을 풀어헤쳤다.

이윽고 지상에 거의 내려와 울창한 수풀을 헤치고 들어가자 함께 데려온 마수들이 대기하고 있었다.

"이건……."

"본 드래곤과 카오스 솔져다. 충분하겠나?"

4기가 전부이나 모두 최상급 마수다. 어지간한 던전 하나는 밀어버릴 수 있는 전력이었다.

막시움이 몸을 잘게 떨었다.

"아아, 오랜만에 보는군요. 황제 폐하께서 지저 세계를 처음 만들었을 때 이들이 함께했었지요."

카오스 솔져도 알고 있는 모습이었다. 하기야 막시움은 나락군주를 가장 오래 보필한 기사였다. 이상한 일은 아니었다.

막시움이 이어서 말했다.

"충분합니다. 아니, 충분하다 못해 넘칩니다. 아르엔투의 발을 묶고 밤의 마법사를 따로 빼내는 정도의 일에는……."

"너에게 맡기겠다."

"제, 제게 말입니까? 하나 저 마수들은 황제 폐하께서만 움직일 수 있습니다."

"맡기겠다고 했다. 나머진 알아서 하라."

막시움이 한참이나 멍하니 나를 쳐다보다가 주먹을 꽉 쥐었다. 눈빛도 변했다. 반드시 이루고 말겠다는 절절한 의지가 느껴졌다.

잠시 후 막시움은 더욱 깊게 고개를 숙이며 자세를 잡았다.

"신 막시움, 황제 폐하의 명을 따릅니다."

아르엔투는 막시움을 잡는 데 혈안이 되어 있었다. 몇몇 마족을 상대했지만 아르엔투만큼이나 막시움을 집요하게 따라붙으며 괴롭힌 마족은 없었다. 막시움은 이를 노릴 것이라고 말했다.

"폐하께선 느긋하게 기다리고 계십시오. 일주일 안에 결판이 날 겁니다."

"너무 자신하는 거 아닌가?"

"저 혼자이면 모르나 본 드래곤, 그리고 카오스 솔져마저 있다면 일당백만의 아군을 얻은 것과 같은 일입니다. 어찌 실패를 논하겠습니까?"

작전이 성공하는 건 당연하다는 투다.

"그러나 조심하십시오, 황제 폐하. 달의 마법사는 이상한 마법을 사용합니다. 저도 모두를 파악하지 못했습니다."

다소 불경한 발언이나 나는 개의치 않았다. 막시움마저 농락한 마법사다. 충분히 긴장을 할 만한 일이었다.

"이 세상에서 나를 이길 자는 없다."

그러나 자신 있게 말했다. 실제로도 틀리지는 않은 말이었다. 달의 마법사는 상대해 봐야 알겠지만, 놈이 나타나기 전까지 이 지구에선 내가 최강이었다.

"믿습니다. 그러면…… 바로 움직이겠습니다."

고개를 끄덕였다. 그러자 막시움이 본 드래곤의 등 위에 올라탔다.

나만 움직일 수 있다더니 내가 허락하자 마수들도 딱히 거부하진 않았다. 나락군주일 때야 그럴 수도 있었겠지만 던전 마스터의 강제력이 발동한 모양이다.

'수련이라도 하면서 기다리면 되겠군.'

일단 한번 맡긴 이상 믿는다. 주기적으로 보고를 들으며 나는 따로 행동을 결정하면 그만이었다.

그러나 마냥 놀 수도 없는 노릇.

마침 인적이 뜸한 산속이었다. 근원의 나무로 말미암아 나 자신과 싸운 일을 상기시키며 복습할 기회가 찾아온 것이다.

모든 마수가 떠나간 즉시 정신을 집중할 장소를 찾았다. 굳이 검을 휘두르고 몸을 움직이며 수련할 필요는 없었다. 조용히 명상할 장소만 있으면 충분했다.

막시움은 두 기의 본 드래곤 중에 하나만 따로 운용하여 동시다발적으로 아르엔투의 병력을 습격하기 시작했다.

교묘하게 시차로 공격하거나 적들을 끌어들이고 전멸시키는 수법을 사용한 것이다. 한 번에 처리할 수 있는 숫자는 적었지만 하루에도 수 번, 수십 번 반복된다면 이야기가 다르다.

아르엔투는 즉각 모든 병력을 소집하고 뭉쳐서 막시움을 쫓았다.

"도망치는 거 하나는 수준급이구나!"

얼굴을 붉게 물들인 아르엔투가 지척에서 도망가는 막시움을 바라보며 외쳤다. 그러거나 말거나 막시움은 들은 체도 하지 않고 본 드래곤의 등에 탄 채 빠르게 사라져 갔다.

본 드래곤의 속도는 상상을 초월한다. 거리를 벌리고 도망가기 시작하면 잡을 길이 없다.

그럼에도 막시움은 따라잡힐 듯하면서 따라잡히지 않았다. 일부러 약을 올리는 것이다. 그리고 그 와중에도 한 마리의 본 드래곤은 전혀 보여주지 않았다.

"기사라면 등을 돌리지 마라!"

"이노옴!"

아르엔투는 매번 간발의 차로 막시움을 놓치자 애간장이 탔다. 욕지거리를 내뱉는가 하면 정정당당한 승부를 하자며 꼬

드기기도 했지만 막시움은 넘어가지 않았다.

그렇게 일주일이 흐르자 아르엔투의 발등에 불이 떨어졌다. 가장 빠른 마수들로만 전력을 꾸려서 막시움을 쫓기 시작한 것이다.

달의 마법사는 당연히 대동하고 있었다. 그 정도 병력만 해도 충분하다는 자신감이 엿보였다.

거기서 막시움은 '일부러' 아르엔투의 추격에 발을 맞춰주었다.

"도망치는 것도 여기까지다."

"……."

"얌전히 잡혀라. 그럼 깔끔하게 죽여 주마."

"네놈 따위가 나를 상대하겠다니, 백만 년은 이르다."

"허! 이런 상황에서 잘도. 입만 살았군!"

전투는 불 보듯 뻔했다.

이윽고 수천의 마수가 일제히 막시움과 본 드래곤을 공격하기 시작했다. 아르엔투는 달의 마법사와 함께 막시움을 노렸고, 나머지 마수들은 본 드래곤과 카오스 솔져를 맡았다.

막 격돌하기 직전, 막시움이 검을 하늘 높이 치켜들며 황금빛 찬란한 색을 하늘에 뿌렸다.

"검이여!"

쿠아아아아아앙!

하늘이 황금빛으로 물들자 그와 동시에 멀리서 포효가 들려왔다.

바로 그간 보이지 않았던 본 드래곤 한 기와 카오스 솔져가 나타난 것이다.

각각 두 기씩, 총 네 기!

단순 수치로만 봐도 두 배의 전력 상승이었다.

아르엔투는 일부러 발 빠른 마수들만 끌고 왔기에 마수의 질 자체는 좋지가 않았다. 달의 마법사를 제외하면 전력상 우위는 역전되었다고 할 수도 있었다.

"이익……!"

반대로 자신이 낚였다는 걸 깨닫곤 아르엔투가 이를 갈았다.

"너는 본 드래곤들을 상대해라. 나는 저놈을 맡겠다."

빠르게 막시움을 처리하고 합류할 생각이었지만 상황이 달라졌다. 이대로 본 드래곤과 카오스 솔져들이 마수들을 처리하면 위험한 건 자신이었다.

달의 마법사가 자리를 이탈하는 것을 보면서 막시움이 미소 지었다.

'계획대로 되었군.'

일단 절반쯤은 되었다고 판단했다.

달의 마법사가 굽힌 허리를 폈다. 치렁치렁한 머리칼이 하늘을 향해 솟자 까맣기 그지없는 두 눈동자가 드러났다. 밤을 그대로 눈 안으로 옮겨놓은 듯한 모습. 남자인지 여자인지 분간이 안 되어 보이는, 뼈가 드러날 정도로 마른 몸과 얼굴이었다.

이어서 달의 마법사가 공중으로 떠오르기 시작했다. 그의 주변으로 어둠이 몰려오며 곧 주변은 완연한 밤이 되었다.

태양의 빈자리에 달이 떠올랐고 까맣기만 하던 두 눈이 노랗게 빛나기 시작했다.

본 드래곤들은 순간적으로 몸을 틀었다. 이곳에 모인 모든 마수 중에 가장 강한 자가 나타났음을 단번에 알아차린 것이다.

달의 마법사가 손을 뻗으니 달이 더욱 환하게 물들었다.

위아아아앙!

그의 손끝으로 빛의 입자들이 모였다. 잠시 후 빛들은 분산되어 수천, 수만 개로 늘어났다. 마치 밤하늘에 떨어지는 별똥별을 연상시키듯 본 드래곤들을 향해 입자들이 퍼져 나가기 시작했다.

후우우웅!

콰르르르르릉!

본 드래곤이 브레스를 토해냈다. 용족이 기본적으로 갖춘 스킬. 그중 본 드래곤의 숨결은 최상위권에 들어가는 강력함을 자랑한다. 정면으로 맞을 경우 형체도 남기지 못하고 사라지는 게 일반적이다.

하지만 별빛에 닿은 브레스는 자연스럽게 흡수되어 힘을 잃었다. 평범하게 생각해도 있을 수 없는 일이 눈앞에서 벌어지고 있었다.

이내 위험을 눈치챈 본 드래곤이 브레스를 멈춘 뒤 날개를 활짝 펼치고 강하하였다.

작은 마수들이 득달같이 달려들었으나 이빨로 물어죽이고 크게 날갯짓하여 떨쳐 낸 후 밤의 영역을 빠져나가고자 빠르게 날았다.

달의 마법사가 무표정하기 짝이 없는 얼굴로 그 뒤를 쫓았다. 그 속도는 본 드래곤과 비교해도 전혀 부족함이 없었다.

쫓고 쫓기는 추격전.

밤의 영역도 함께 이동하며 그가 지나간 자리에는 미약한 별빛만 남았다.

아르엔투와 거리가 멀어졌음에도 달의 마법사는 아랑곳하지 않았다.

그가 받은 명령은 오직 하나.

본 드래곤들을 상대하는 것이었기에.

나는 기다리고 있었다. 산의 정상에서 신호가 닿기를. 내

인식은 상당히 넓은 범위까지 닿아서 누군가가 영역 안에 들어오면 바로 눈치챌 수 있었다.

막시움은 달의 마법사가 지척에 다가와도 눈치채지 못했다고 말했다. 말하자면, 이것은 시험이다. 그 달의 마법사라는 녀석이 몰고 오는 '밤'을 내가 인식할 수 있을지 없을지.

정상에서 눈을 감은 채 가만히 명상에 잠겼다. 벌써 며칠째 이어진 흐름이었고 한 치의 미동도 없이 자리를 지키는 중이었다.

'그저 몸을 움직이는 것만이 수련이라 생각했거늘.'

몸을 움직이는 것이야말로 더욱 강해지는 비결이라 생각했다. 남보다 배로, 안 되면 그의 배로 매진하면 반드시 강해질 수밖에 없다고 여겼다. 실제로 어느 수준까지는 그게 사실이고 진리였다.

하지만 근원의 나무에서 나 자신과 맞붙으며 작은 깨달음을 얻었다. 이제는 단순히 명상하며 상상하는 것만으로도 실전 이상의 효율이 나왔다. 객관적으로 나 자신을 바라보는 게 가능해지며 기술이나 움직임이 조금씩 다듬어졌다.

이는 굉장히 놀라운 일이었다. 능력치를 올리는 걸 제외하고는 더 강해질 수 없다 판단했는데, 같은 능력치로도 한발 더 앞서갈 수 있는 게 증명된 것이다.

아니…… 아니다.

알고는 있었다.

하지만 잊어버렸다.

전생의 나는 어땠는가.

지구로 오기 전의 나는?

전쟁터에서 살아남고자 약한 힘으로 강자를 제압하던 나는 그 방법을 누구보다 더 잘 알고 있었을 터다.

그런데 지구로 오고 상태창이란 게 생겨나며 능력치와 스킬에 너무 집중을 했다. 왜냐하면 그 둘은 눈에 보이는 것이었고 확실한 지표가 되어준다 믿어 의심치 않았기 때문이다.

하나 내 그림자는 나와 같은 능력으로 나를 압도했다. 같은 능력이라도 차이가 있다는 걸 그때 새삼 느낄 수 있었다.

말 그대로 상태창의 노예가 되어 있었던 것이다.

그래서 다른 부분의 발전을 반쯤 방치해 버렸다. 내 책임이다. 그러니 고쳐야 한다.

'이 느낌은⋯⋯.'

어느 순간을 기점으로 미간을 좁혔다. 이질적인 느낌이 피부를 타고 올라왔다.

소름⋯⋯.

피식 웃어버리고 싶었으나 그러질 못했다. 내 몸이 먼저 반응한 것이다. 내가 의식하며 생각하기도 전에!

이런 경우는 한 가지밖에 없었다.

강자를 만났을 때!

나는 이미 대공들을 만났고 전생에서 그들이 얼마나 강했는지도 알고 있었다. 적응된 정신과 몸은 웬만해선 꿈쩍도 하지 않는다. 불의 정령왕을 만났을 때 다소 놀라긴 했지만 어느 정도는 상정 범위였다.

한데…… 지금 다가오는 존재는 다르다.

이런 경우는 무척 오랜만이었다. 하나 왜인지 압도적이란 느낌은 들지 않았다.

그냥 다르다. 모든 게 달랐다. 이해가 되지 않았고 좁혀진 미간이 좀처럼 펴지질 않았다.

나는 눈을 떴다. 시선을 돌려 이 이질적인 느낌을 가져다주는 장소를 바라보았다.

'도착했군.'

저 멀리서 밤이 몰려오고 있었다.

육안으로 겨우 확인되는 장소.

'인지했다.'

막시움은 하지 못했으나 나는 해냈다.

하지만 그뿐이었다. 인지만 했을 뿐 저게 뭔지 나는 알 수 없었다. 미약하게 존재하던 예지의 능력도 지금은 아무런 쓸모를 보이지 않았다.

그래서 그것을 확인하고자 나는 오만의 불꽃을 일으켰다.

'네놈은 누구냐.'

밤을 몰고 오는 달의 마법사.

우파가 무엇을 꽁꽁 숨겼는지 이제 두 눈으로 새길 시간이
었다.

본 드래곤을 맹렬하게 쫓고 있는 한 인영.

놈이 가까워질수록 내 주변이 새까만 밤으로 물들어 갔다.

그러나 놈을 보는 나의 눈빛은 복잡하기 이를 데 없었다.

도무지 가늠할 수가 없었던 것이다.

강한지, 약한지, 무슨 종류의 마력을 품고 있는지도…….

완성된 듯하면서 불안정하기 짝이 없다는 것만 알았다.

놈에게서 느껴지는 흐름은 마치 태초의 세계가 태어날 때
일어난 폭발과 같았다. 저런 류의 마력 흐름은 본 적이 없기
에 어떻게 판단해야 할지 갈피가 잡히지 않았다.

'일단 부딪쳐 봐야겠군.'

미지의 적.

모든 게 베일에 가려 있다면 먼저 벗겨본다.

한 꺼풀이라도 벗겨내면 아주 조금이라도 윤곽이 나타나
지 않겠는가.

분노와 황제의 검을 들었다.

'다크 소드.'

검이 검게 물들며 모든 걸 양단하는 거친 기세를 품었다.

나는 여기에 다소 과하다 싶을 정도로 마력을 더욱 집중시켰고, 과잉되어 터지기 직전에 달려오는 마법사를 향해 내리그었다.

쿠와아아아아아앙!

반경 수백 미터를 집어삼키는 거대한 폭발이 일어났다. 폭발은 크게 팽창하다가 압축되어 모든 것을 소멸시켰다.

하나 놈에게는 별 효과가 없었다. 머리칼이 조금 그슬린 수준에 그쳤다.

말이 안 된다. 나조차도 몇 번이나 당한 수였다.

내 시선이 놈의 뒤로 갔다.

달. 커다란 달이 어느 때보다 밝게 빛나고 있었다. 놈은 밤과 함께 달도 끌고 다녔다.

'라이프 베슬인가?'

간혹 리치들이 사용하는 생명 저장로다. 자신의 몸 안에 품고 다니는 리치가 대부분이지만 불사의 유혹을 떨치지 못해서 따로 생명을 저장하고 숨겨두는 리치도 있었다. 그를 라이프 베슬이라 불렀고 저 달에게서 비슷한 느낌이 났다.

하지만 라이프 베슬을 따로 준비하면 마력의 효율이 나빠진다. 강대한 마법은 사용할 수 없고 신체가 부서지면 수복이 무척 느리다.

'찰나의 시간에 부서지고 회복됐다.'

라이프 베슬이라 판단하면서도 확신이 안 서는 이유.

방금 전의 공격으로 나는 놈의 육체가 부서지는 걸 확인했다. 극히 짧은 시간이었지만 거의 '분쇄' 수준이라 할 만큼의 육체적 타격을 입었다. 아무리 생각해도 재생은 불가능하다.

그런데 그럴진대, 부서지며 동시에 재생했다. 회복이라 했지만 회복의 수준을 넘어섰다. 경악을 넘어서 경이로울 지경이다.

'그럼 뭐지?'

역시 알 수가 없다. 기묘하기 짝이 없는 놈. 다크 소드는 재생을 불가능하게 만들지만 초월자는 예외였다.

말인즉, 일단 초월자의 영역에 들어선 놈이라는 거다.

달의 마법사가 내게 잠시 시선을 줬다. 나는 놈에게서 쏟아질 공격에 대비했다. 공격을 하는 것보다 받아보면 더욱 확실하게 알 수 있기 때문이다.

한데, 놈은 아무 일도 없었다는 듯이 나를 지나쳐 갔다. 내 뒤로 이동 중인 본 드래곤을 미친 듯이 쫓기만 하였다.

내 공격 따위는 간지럽지도 않다는 건가?

'허.'

이번에는 정말 어이가 없었다. 이런 종류의 무시는 전생에서도 당해본 적이 없었다. 내가 공격하면 상대는 반드시 반응을 해왔기 때문이다.

이를 갈며 달을 바라봤다. 정말 라이프 베슬이라면 저걸 공격하는 순간 무시하지 못할 것이다.

나는 오만의 날개를 더욱 태웠다. 빠르게 솟구치며 순식간에 모든 벽을 벗어났지만 진짜 달이라도 되는 건지 전혀 가까워질 기미가 보이지 않았다. 그저 밤의 영역 안에 달의 모습으로 위장시켜 둔 것이라 판단했건만, 그게 아니었다는 거다.

'판을 깨버렸군.'

나는 제법 상식의 한도가 넓다. 그런데도 저 달의 마법사는 그 한도를 벗어났다.

혹시 몰라서 상태창을 확인해 봤다.

'하이엔달의 목걸이 효과가 발동 중이다.'

달이 뜰 때만 한정하여 마력 3이 오르는 옵션이 적용되어 있었다.

진짜 달이란 말인가?

달을 향해 공격을 퍼부어 봤지만 닿지 않았다.

"쯧."

안 되는 걸 억지로 계속 붙잡고 있을 수도 없는 노릇.

입맛을 다시며 다시 내려왔다.

어느새 뒤를 잡힌 본 드래곤의 날개 하나가 삼분의 일쯤 사라져 있었다. 이대로 가만히 내버려 두면 머지않아 본 드래곤이 소멸할 판국이었다.

'저놈을 칠 수밖에.'

당장은 방법이 없었다. 몇 번이나 저 육신을 파괴시키다 보면 언젠가는 한계가 올 것이다. 그때가 되어도 과연 나를 무시할 수 있을지는 두고 볼 일이었다.

"파라노말."

[파라노말의 축복이 부여됩니다.]
[모든 능력치가 한 시간 동안 2씩 상승합니다.]

'뇌신, 놈을 잡아먹어라.'

나는 한층 더 강도를 높였다. 분노와 황제의 검을 서로 교차시킨 뒤 다크 소드를 발동시켰다. 이후 마력을 집중시켰고 거기에 뇌신의 힘을 더했다.

실전으로는 한 번도 해본 적이 없는 일. 당장 나조차도 감당이 될까 싶은 힘이 두 검 사이에서 모여 갔다.

나는 그 힘이 폭발하기 직전 달의 마법사를 향해 내리그었다.

놈은 피할 생각조차 하지 않았다. 당연히 내 힘과 부딪힌 순간 거대한 폭발이 일어났다.

콰아아아아아아아아아앙!

천지개벽이라도 일어나는 듯 압도적인 광경이 연출되었다.

좀 전에 행한 공격보다 열 배는 강력했다.

'몇 번 사용하지 못하겠군.'

엄청난 마력을 잡아먹었으니 몸이 축 늘어지듯 힘이 빠져나갔다. 아직 여력은 있었지만 무작정 반복할 수는 없을 것 같았다.

과연 이번에는 어떨까.

폭발은 수없이 팽창하고 수축하길 반복했다. 나도 안의 상황을 확인할 수 없었다.

이윽고 폭발의 여파가 사라지며 놈의 인영이 나타났다.

팔 한쪽이 사라졌다. 정확히 말하자면 팔이 있어야 할 부위에 다리 한쪽이 있었고 다리에 팔이 나 있었다.

수없이 반복하다가 재생이 잘못된 것이다.

'효과는 있다.'

이번에는 무시하지 못하리라.

때마침 달의 마법사가 고개를 돌려 나를 바라보았다.

3초가량.

이후 다시 본 드래곤을 죽이는 데 집중했다.

"……."

형용할 수 없는 기분을 느끼며 복잡하기 짝이 없는 눈빛으로 나는 놈을 쳐다봤다.

Chapter 63

세계

Dungeon Hunter

'어디까지 무시할 수 있는지 보겠다.'

공격이 아예 안 들어갔다면 모를까 분명히 재생이 제대로 되지 못할 정도의 타격을 줬건만 시선을 던진 건 3초가 전부였다. 사실상 아예 안 본 거나 마찬가지다.

해서 얼마나 배포가 커다란 녀석인지 시험을 해보기로 하였다.

아예 피할 생각조차 하지 않고, 그저 무작정 맞기만 하는 놈이라면 어려울 건 없었다. 나 역시 무작정 공격을 퍼붓기만 하면 되는 일이었으므로.

분노와 황제의 검에 마력을 때려 박았다. 저 재생력으로 보건대, 단순히 목을 자르는 정도로는 씨알도 안 먹힐 것이다. 아예 육신 자체에 커다란 상흔을 남겨야 조금이라도 영향이 간다.

촤르르륵!

검과 검 사이에 뭉친 거대한 마력의 기운이 썰물같이 빠져나가 달의 마법사를 노리고 달려들었다.

"하⋯⋯."

오랜만이다. 입에서 단내가 나왔다. 육체를 움직이진 않았지만 마력이 거의 고갈 상태였다. 한 시간 이상 미친 듯이 공격을 퍼부은 대가다.

그쯤 되자 놈도 나를 무시할 순 없었다. 공허하기 짝이 없는 눈동자가 본 드래곤을 대신해 내게 향하는 중이었다.

다만, 달의 마법사는 움직이지 않았다. 몸의 삼분의 일가량이 재생 불가한 타격을 입어서다. 그것만 해도 대단한 것이었다. 솔직히 나도 믿기지가 않았다.

지금까지 퍼부은 공격을 직격으로 맞는다면 천하의 치천사도 멀쩡할 수 없었을 것이다. 불의 정령왕이나 전생의 대공들도 이미 가루가 되어 사라졌을 막대한 공격이었다. 어디까지나 정통으로 직격당한다는 전제하에 말이다.

한데, 달의 마법사는 직격을 당하고도 육신을 유지하고 있었다. 수백, 수천, 어쩌면 수만 번 재생을 반복했지만 그것도 슬슬 한계에 다다른 듯싶었다.

"너는 누구냐?"

가만히 다가갔다. 달의 마법사는 여전히 움직이지 않았다. 그저 눈만 내게 향하고 있을 뿐. 조금이지만 눈 안에서 약간의 '혼란'이 느껴졌다.

아마도 놈은 나를 어찌 대해야 할지 모르고 있다. 몸이 위험하긴 한데, 어찌해야 할지 결정이 안 된 모습이었다.

'항상 아르엔투의 옆에 있다고 했지.'

어쩌면 명령 없이는 아무것도 못 하는 꼭두각시일지도 모르겠다. 본 드래곤을 처리하란 명령만 받고 여기까지 쫓아온 것이다. 내가 공격해도 명령은 어디까지나 본 드래곤의 말살이었으니 아예 신경을 접은 것이었다.

'이만한 능력을 가진 인형이라.'

대관절 우파는 어떻게 이만한 존재를 손에 넣은 건지 상상도 되지 않았다.

단순한 소환으로는 불가능하다. 공허의 존재, 내가 만난 콘테고놈의 느낌과는 전혀 달랐다.

내가 근원의 나무의 싹을 틔우고 던전을 유니크 등급으로 올린 업적과 비슷한, 혹은 그 이상의 업적을 달성했다면 모르겠으나 지금 시기에 그만한 이벤트를 발견했다니 좀처럼 믿기지가 않았다.

달의 마법사. 지금 내 눈앞에 있는 녀석은 적어도 전생에서도 출현하지 않은 놈이었다.

'위험하다.'

본능이 경고했다. 놈이 본 드래곤을 공격하는 모습을 봤다. 마구잡이로 가진 힘을 휘두르는 것에 불과하여 효율이 썩 좋지는 않았지만 공격력 하나만큼은 발군이었다. 거기에 이만한 재생력까지 둘렀다면 막시움이 말한 '무적'의 의미가 전혀 퇴색되지 않는다.

나조차 위험을 느낄 수준이었으니.

만약 아르엔투가 나타나 어떻게든 나와 대결할 것을 명하면 어찌 될까.

냉정하게 판단해 보았으나 확신을 내릴 수가 없었다. 그저 인형처럼만 움직인다면 내가 조금 더 유리할 테고, 놈이 조금이라도 제대로 싸운다면 역전될 테다.

'지배의 권능이 발동하지 않는다.'

이만한 위협을 주었다. 빈사 상태에 가까운 상태가 수없이 반복되었다. 하지만 지배의 권능은 전혀 발현할 기미가 보이지 않았다.

우파의 지배력이 더욱 커서라곤 생각되지 않는다. 우연찮게 권능이 발현되지 않았다는 것도 이상했다.

그저 단순히, 달의 마법사라 불리는 이 녀석의 존재가 지배의 권능을 가진 지고한 불과 같거나 더욱 크다는 방증이었다.

지고한 불…….

불의 정령들이 가진 일곱 개의 불 중 하나.

불의 정령들이 모시는 신이다. 진짜 신은 아니지만 어느 정도 격을 갖춘 건 사실이었다. 실제로 마수들을 상대할 때, 수많은 상급 이상의 마수도 권능의 힘에 무릎 꿇었다.

"여기서 죽여야겠군."

묵직하게 말했다. 이대로 돌아가서 우파의 힘이 되도록 놔둘 수는 없는 노릇이다. 내가 가질 수도 없다면 지금 이 자리에서 없애야 했다.

진득한 살의를 가지고 놈을 쳐다봤다. 지금이라도 무언가 반응을 한다면 약간의 지체는 가질 생각이었다. 이런 놈이 어디서 갑자기 나타났는지 궁금증이 무척 컸던 탓이다.

알 수만 있다면 나도 그와 비슷한 방식으로 접근하는 게 불가능하지 않을 터.

하나 놈의 눈에는 혼란밖에 없었다.

이러한 신체적 타격을 입은 건 처음이고 명령을 무시하지 않으면 죽고 만다. 죽으면 본 드래곤을 죽이라는 명령을 시행할 수 없다. 그 사이에서 혼란스러워하며 아예 행동 자체를 멈춘 것이다.

나는 놈의 바로 앞에서 마력을 모았다. 분노와 황제의 검이 과열되며 열을 올렸지만 멈추지 않았다.

이윽고 모든 마력이 결집된 순간.

놈의 눈빛이 변했다.

가진 건 순수한 적의!

나를 죽여야 명령을 달성할 수 있다는 걸 깨달은 모양이다.

'그러나 늦었다.'

이미 내 공격은 완성 직전의 단계에 와 있었다. 지금 와서 깨달은들…….

슈아아아아앙!

'허…….'

주변을 물들인 '밤'이 놈에게 빨려 들어가고 있었다. 오로지 달만이 그 자리에 멈춰 서서 이곳을 내려다보고 있었다.

이 밤이 전부 빨려 들어가거든 무언가 광범위한 일이 생길 것이라고 직감.

나는 그 전에 먼저 손을 썼다.

지금까지와는 비교도 할 수 없는 힘의 결정체.

모든 마력을 쏟아부은 공격이 마침내 달의 마법사에게 닿았다.

쿠아아아아아아아아아아아앙!

전신이 타버리는 것만 같았다. 지독한 고통에 눈을 뜨자 뜨거운 태양이 나를 반겼다.

쏴아악! 쏴아악!

거친 파도 소리가 지척에서 들려왔다. 어렵사리 자리에서 일어난 뒤 나는 이곳이 해변가임을 확신했다.

'여긴 어디지?'

하나 익숙하지 않은 해변가의 모습에 고개를 갸웃했다.

달의 마법사를 아예 소멸시킬 기세로 마지막 공격을 퍼부었는데, 때마침 놈이 흡수한 밤이 보호막 흉내를 내어 두 기운이 함께 폭발을 일으켰다. 가공할 수준의 폭발이었고……아무래도 거기에 휩쓸린 모양이다.

모든 마력이 고갈되고 상상 이상의 타격이 전신에 들어오자 나도 정신을 잃어버린 듯했다.

'마력이 거의 없군.'

마력이 텅 비어버렸다. 쓰러지고 시간이 얼마 지나지 않았는지 조금도 회복이 되질 않았다. 스킬의 대부분을 사용할 수 없다는 뜻. 마력의 고갈은 육신에도 영향을 끼쳐서 전처럼 강력한 모습을 보일 수는 없었다.

그리고 나는 냉정하게 몸 상태를 살폈다.

'최악이다.'

고레벨의 상급 마수만 만나도 힘에 부칠 정도다. 작게 혀를 차며 나는 잠시 요양할 장소를 찾았다. 마력부터 회복시키는 게 급선무였다.

어차피 나는 정복자의 반지를 착용하고 있었다. 영지 하나당 마력 회복율을 10%나 올려주는 아이템. 어림잡아 3, 4일이면 모든 마력을 회복할 수 있을 터였다.

물론 그 기간 동안 여기에 굳이 머무를 필요는 없었다.

'이히.'

나와 이히는 거리가 멀리 떨어져 있어도 대화가 가능하다. 바로 이히가 내게 건 축복 덕분이다. 크리슬리나 타쉬말에게 명해 나를 데려오도록 한다면 길어봐야 하루였다.

하지만 무슨 일인지 통신이 닿지가 않았다. 이히에게선 전혀 대답이 없었다.

'이상하군.'

지저 세계에 있을 때에도 이와 비슷한 일이 있긴 있었다.

하나 이 주변은 아무리 봐도 지구의 형태를 띠었다. 지저 세계와 같이 이질적인 느낌은 전혀 들지 않았건만.

"으아! 어떡하지! 이러다간 세계가 무너질 거야!"

순간 엄청난 속도로 내 앞을 지나간 생명체가 하나 있었다. 생김새 자체는 토끼와 비슷한데 그 크기가 2m 남짓이었다. 순백의 털과 빨간 눈이 인상적이었지만 문제는 너무 빠르다는 것이다. 지나가자마자 해변의 모래가 모두 떠올랐다.

내 눈이 아니었다면 못 보았을 수준이다.

'저건?'

그리고 근처에 도달한 토끼가 힐끗 나를 바라보다가 다시 달려 나갔다.

"666 부근에 버그 발생! 아이씨, 바빠 죽겠는데!"

이상한 말만 남긴 채.

무작정 뛰어가 한쪽 방향으로 사라져 버린 것이다.

'따라가 봐야겠군.'

저런 생명체가 있다는 말은 들어본 적이 없었다. 비슷한 마수는 있었지만 저만한 존재감을 주지는 못했다.

또한, 저 토끼에게선 달의 마법사와 비슷한 냄새가 났다.

그렇다면 이곳은 정상적인 장소가 아니라는 말이다.

나는 토끼가 사라진 방향을 향해 걸었다.

'속도가…… 흠.'

마력의 고갈로 속도가 나지 않자 자연스럽게 미간이 찌푸려졌다. 나는 오랜만에 순수 육체만으로 뜀박질을 시작했다.

몇 시간을 뛰었을까.

다행히 토끼가 달려 나간 흔적은 뻔히 남아 있었지만 너무

멀어서 보이지가 않았다. 대신 다른 것들이 보였는데, 모두 익숙하면서도 특이하게 생긴 생명체들이었다.

"811, 544 부분이 고장 났다. 수리해야 한다, 자라!"

"자라!"

거대한 자라들이 망치 따위를 들고서 이동하는 중이었다.

자라들 또한 내 모습을 발견하지 못했는지 그대로 나를 지나쳐 갔다.

자라뿐만이 아니라 누워서 일광욕을 즐기는 커다란 사마귀도 있었고, 바닥을 쪼아대는 까치 비슷한 새도 있었다.

그들은 한결같이 알 수 없는 말을 해대며 중얼거리는 중이었는데 내가 가까이 다가가도 인식을 하지 못했다.

혹시 몰라서 사마귀를 툭툭 건드려 봤지만 감감무소식이었다.

"이봐, 내가 안 보이나?"

놈의 코앞까지 올라가 말을 거는 대범함을 보였지만 마찬가지다.

아예 내게 눈길을 주지 않았다.

'역시 그 토끼가 열쇠인 것 같군.'

나를 온전히 인지한 건 처음 봤던 토끼뿐이었다.

하는 수 없이 사마귀의 위에서 내려와 토끼의 흔적을 따라 달렸다.

한참을 더 달렸다. 10시간을 넘게 달린 것 같은데도 하늘은 그대로였다. 아무래도 이곳은 저녁이 없는 것 같았다.

그래도 육체 자체의 힘은 어지간한 생명체와 비교 자체가 불가능하기에 쉬지 않고 뛸 수 있었다.

그로부터 몇 시간이 더 지나자 나는 목적을 달성할 수 있었다.

'여기다.'

토끼의 흔적이 끊긴 장소.

주변은 숲이었고 그 중심부에 존재하는 작은 나무 가옥이었다.

나는 지체 없이 가옥 안으로 들어섰다.

"784 부근에 다시 균열 발생!"

"227 지역 폐쇄한다! 모두 대피!"

"으아아! 선생님은 대체 어디를 가신 거야?"

겉으로 보기엔 작은 나무 가옥이었다. 안으로 들어서자 끝이 보이지 않는 묘한 생김새의 방이 나타났다.

거대한 토끼들이 비슷한 크기의 화면 앞에 앉아 그것을 보며 쉴 새 없이 조잘대는 중이었다.

나는 그중 처음 만났던 토끼를 찾았다. 마력이 고갈됐다고 마력의 향마저 맡지 못하는 것은 아니었다.

잠시 후 나는 구석에서 수첩을 들고 있는 토끼를 찾을 수 있었다.

"아아, 어떡하지. 선생님이 안 계시면 나 혼자는 감당이 안 되는데……."

"이봐."

"시스템이 완전 엉망이 되어버렸어. 대체 왜 이러는 거야? 누가 관리자 권한에 접근한 거지? 나도 아예 접근이 안 되잖아. 이걸 복구하지 않으면 방법이 없어. 으으으."

"나 좀 보지."

툭!

토끼의 다리를 강하게 찼다.

"음?"

그제야 이상함을 느낀 토끼가 나를 바라보았다. 동시에 토끼의 눈이 두 배는 커졌다.

"어어……. 666 구역의 버그가 왜 여길 들어온 거지? 아니, 어떻게 들어온 거야?"

"나는 버그 따위가 아니다."

해변가의 토끼는 맞는 모양이었지만 취급이 마음에 들지 않았다. 내가 인상을 찌푸리며 말하자 토끼가 고개를 갸웃했다.

"그야 자기를 버그라고 칭하는 버그는 없지. 그래도 여긴 강력한 백신이 작동 중이어서 못 들어올 텐데……."

"다른 녀석들은 나를 인식하지 못하더군. 오로지 너만이 나를 인식했다. 말해라. 너는 누구고, 여기는 어디냐?"

"백신!"

토끼가 고개를 돌리며 크게 외쳤다. 하지만 한참을 기다려도 아무런 일도 일어나지 않았다. 그제야 토끼는 굉장히 당황한 눈초리로 나를 바라보았다.

"왜 백신 반응이 없지? 잠깐, 정말 나만 인식할 수 있다고?"

나는 팔짱을 낀 채 토끼의 다음 움직임에 주목했다.

이곳의 토끼 중에선 나를 위협할 힘을 가진 자는 없다고 판단한 것이다. 아직 부족하긴 했지만 미약하게나마 마력을 회복한 상태였고 만에 하나의 일에도 충분히 대처할 수 있었다.

그때 토끼의 눈이 좁혀졌다. 내 머리 위를 유심히 바라보며 고개를 갸웃했다.

"ID는 없고……. 버그가 아니면 뭐야?"

"랜달프 브뤼시엘. 마족이다."

당황하는 녀석을 위해 선심을 써주었다. 먼저 나를 소개했으니 개념이 있는 이라면 자신의 소개를 이어 나갈 터.

"마족? 아아! 선생님이 몇 번 말씀하신 적이 있어. 그런데 마계의 존재가 왜 여기에 있는 거지? 설마 선생님께서 프로

그램을 짜놓고 가신 건가? 어디 보자.”

하얗고 기다란 귀를 몇 번 털자 안경과 같은 게 튀어나왔다. 이내 안경을 주워 쓴 토끼가 허공에 손짓하기 시작했다.

마치 혼자서 춤을 추는 거 같기도 하였다. 정신 나간 녀석처럼 보이기도 했다.

[외부에서의 침입을 강제로 차단했습니다.]

‘음……?’

메시지 하나가 눈앞에 튀어나왔다. 그와 동시에 토끼가 착용한 안경에서 연기가 뿜어졌다.

토끼는 재빨리 안경을 벗곤 버벅거렸다.

“뭐, 뭐야. 이 프로그램은? 전혀 타입이 다르잖아? 게다가 보안 레벨이…… 선생님 수준을 뛰어넘었어! 이럴 수가!”

두 눈에 경악이 들어찼다. 믿기지 않는 듯 나를 바라보며 입을 크게 벌렸다. 그러나 이내 두 눈은 경악에서 공포로 뒤바뀌었다.

“네가 외부에서 들인 바이러스라면 정말 너무 무서울 거야. 백신을 무효화시키고 부관리자인 내게만 인식……. 어쩌면 나는 이미 감염되었을지도 모르니까.”

“무슨 말을 하는지 모르겠군.”

정말 알 수가 없었다. 비슷한 단어를 인간에게서 몇 차례 들어본 것도 같았지만 그게 전부였다.

"랜달프 브뤼시엘이라고 했지? 혹시 어디서 왔을지 들을 수 있을까?"

토끼의 목소리는 간절했다.

"가는 게 있으면 오는 게 있어야 한다. 그리고 공교롭게도 너는 나를 알지만 나는 네가 누구인지 모르는군."

"아아, 미안해. 내 아이디는 0001. 이 이면 세계의 부관리자야."

"이면 세계?"

토끼가 고개를 끄덕이며 말했다.

"달! 우리는 달의 뒤편이라고 불러."

0001과 가볍게 소개를 주고받은 뒤 나는 작은 방으로 안내되었다. 하지만 방 안은 우주처럼 수많은 달빛으로 채워져 있었다.

"지구에서 왔다고 그랬지? 미안해. 난 네가 영락없이 프로그램인 줄 알았어. 하여튼, 지구라면 그러니까 여기를 말하는 거지?"

0001은 우주의 지도에서 한 지점을 가리켰다. 몇 번을 검지로 누르자 우주 지도가 확대되며 푸른 지구의 모습이 나타났다.

"맞는 것 같군."

"그래? 여기가 맞단 말이지……. 아우, 곤란하네."

"곤란하다?"

"여기는 우리가 관리하는 규칙에서 벗어난 행성이야. 최고위 관리자가 강제로 그렇게 만들었지. 한…… 그니까 지구의 기준으로 5년 좀 넘었나?"

5년이 조금 넘은 시간. 마족들이 지구에 막 들어왔을 시기와 겹친다.

나는 미간을 좁히며 물었다.

"네가 말하는 관리자라는 게 구체적으로 무엇을 말하는 거지?"

"신!"

"신……."

그러나 언뜻 이해가 안 됐다. 0001은 자신을 '부관리자'라고 칭했다. 그럴진대 전혀 신과 같은 느낌이 들지 않았다.

"신들도 계급이 있어. 이 이면 세계를 관리하는 선생님은 중간 관리자셨지. 참고로 나는 선생님을 보좌할 뿐이야. 신은 아니고."

고개를 끄덕이자 0001이 이어서 말했다.

"하여간 그중에서도 중간 관리자는 할당된 세계를 관리

해. 관리라고 해도 세계의 규칙 같은 게 무너지지 않도록 조율하는 게 전부지만…… 최고위 관리자들은 직, 간접적으로 세계에 관여하는 것이 허락되지."

"마신 데스브링어의 위치는 어떻게 되지?"

신들에 대한 이야기는 내게 있어서 뜬구름 잡기와 같았다. 그나마 친숙한 마신의 이름을 입에 담으며 묻자 0001이 친절하게 답했다.

"마신이라면 최고위 관리자 중 하나일 거야. 아아, 맞아. 지구를 우리 관할에서 강제로 떼어낸 것도 마신이었어. 이름도 분명…… 그래, 데스브링어. 그곳의 하급 관리자가 모두 반발했지만 강제로 진행해 버렸거든."

불현듯 0001이 입을 닫았다. 무언가를 고민하듯 멍하니 내 얼굴만 바라봤다.

"그리고 너는 지구에서 왔다고 했지. 선생님이 사라진 게 마신과도 연관이 있을까?"

"아까부터 선생님이라고 칭하는 자가 누구냐."

"이면 세계의 최고 관리자님이셔. 네 기준으로 두 달 전에 갑자기 모습을 감추셨어. 선생님이 사라짐과 동시에 누군가가 관리자 권한에 접근해서 이면 세계를 완전 엉망으로 만들어버렸지. 덕분에 우리는 아무것도 못 하고 있어."

0001이 시무룩한 표정을 지었다.

나는 턱을 쓸었다.

0001은 이곳이 이면 세계, 달의 뒤편이라고 말했다.

달. 그리고 사라진 관리자. 시기와 장소가 묘하게 맞물린다. 무엇보다 0001에게서 달의 마법사와 묘하게 비슷한 냄새가 풍기고 있었다.

"네가 선생님이라고 칭하는 자를 내가 알고 있을 수도 있다."

"뭐……?"

"놈은 달의 힘을 사용했다. 밤을 끌고 다녔으며 수백 번, 수천 번 육체를 파괴해도 순식간에 재생되었다. 그러다가 한순간 주변의 밤을 모두 빨아들이더군."

"그건……! 맞아! 선생님이야! 선생님은 기분이 나쁠 때 밤을 들여보내. 지금 이곳에 밤이 없는 이유도 선생님이 없어서야. 다 가져가셨거든. 그런데 선생님의 육체가 파괴되었다고?"

몇 가지 없는 정보에도 0001은 확신하는 투였다.

그렇다면 달의 마법사가 신이었단 말인가?

허!

쉽사리 믿기지는 않았다. 신이나 되는 작자가 그런 몰골로 돌아다니는 것도 이해불가였다.

우파는 대관절 무슨 수를 부려서 그만한 일은 벌인 걸까?

그래도 정말 신이라면 그 말도 안 되는 재생력이 이해가 되기는 하였다.

"놈은 다른 마족에게 조종당하고 있었다. 자아를 잃고 명령대로만 따르는 인형이 된 것이다. 나와 적대적이었기에 싸웠고, 파괴하려 했으나 실패했다. 마지막 접전 끝에 눈을 뜨니 그 해변가에 있더군."

"신을 해할 수 있는 건 신성을 가진 자만 가능한데…….너 대단한 녀석이구나! 신성을 모은 다음 죽으면 하급 신쯤은 될 수 있겠는걸? 부럽다…… 가 아니지! 잠깐, 뭐? 선생님이 조종당하고 계시다고?"

횡설수설이 따로 없었으나 그만큼 0001이 혼란해하고 있다는 방증이었다.

"나와 같은 마족에게 조종당하고 있다."

"필멸자가 불멸자를? 말도 안 돼! 세계의 규칙을 거스르는 짓이야, 그건! 그곳의 신들이 방관하고 있을 리가 없어!"

나는 가만히 회귀했을 당시를 떠올려 봤다.

지구의 모든 신은 봉인당했다. 마신 데스브링어가 그렇게 만들었다. 신들을 봉인한 장소에 던전을 만들고 그곳에 마족들을 초대한 것이다.

지구의 모든 신이 봉인당했으니 규칙을 거슬러도 제재할 이가 없었다. 마신 데스브링어를 제외하면 말이다. 그런데 아무런 제재가 없다는 뜻은 방관하고 있다는 것이었다.

마신은 규칙 따위에 크게 얽매이지 않았다. 도대체 마신은 무엇을 바라고 있는 것인지 감조차 잡히지 않았다.

"으…… 어떡하지? 선생님을 데려와야 하는데."

"나를 지구로 돌려보내라. 그럼 놈을 조종하는 마족을 죽여 주마."

아르엔투와 우파를 제거하면 되리라고 생각했다. 실제로 나는 그 둘을 죽여야만 하는 입장에 있었으니 서로에게 득이 되는 조건이었다.

하나 0001은 고개를 저었다.

"그렇게 간단한 문제가 아니야. 세계에 침투하고 선생님을 오염시킨 거라구. 그것도 모자라 데려가기까지 했어. 필멸자가……. 가능한 일인가? 아으으, 혹시 그 균열이 문제였을까……."

"균열?"

"대략 2년 전에 프로그램 하나를 짜다가 실수해서 대균열을 열었어. 근 100년 안에 이 세계가 노출될 기회라면 그때뿐이었지. 1초 정도……. 바로 처리했다구. 물 샐 틈 없이 모든 시스템을 다 뒤져 봤단 말이야. 아무런 문제도 없었는데, 설마 그 1초 사이에 무슨 일이 벌어진 걸 수도…… 아니야, 그게 말이 돼?"

0001이 몸을 부르르 떨었다.

상관이 사라지고 조종당하는 게 자신의 책임이란 생각이 들자 양쪽 어깨가 급격히 무거워진 것이다.

토끼가 자신의 손가락을 깨물며 말을 이었다.

"그도 그럴 게 그 통로는 허무로밖에 안 이어져 있었단 말이야. 허무를 통해서 접근해야만 했었는데 고작 1초라구! 1초 안에 그게 가능한 지구의 필멸자가 있을 리가 없잖아. 애당초 허무의 존재도 거의 모르고 있을 텐데……."

대략 2년 전!

그리고 허무.

어쩐지 귀에 익다. 매우 익숙한 느낌이 들었다. 바로 콘테고놈이 소환되고 내가 놈을 없앤 시기가 그와 비슷했기 때문이다.

지구에서 허무의 존재가 나타난 건 그때가 처음이었고 아직까지 재차 소환되었다는 이야기는 들어본 적이 없었다.

"확률이 아예 0은 아닐 거다."

"그야 그렇겠지만……. 어쩔 수 없지. 선생님을 돌려놓고 보는 게 우선이겠어."

토끼가 방의 구석으로 가더니 서랍에서 화살 하나를 꺼냈다.

"부탁이야. 이 백신으로 선생님을 구해줘. 안 그러면 이면 세계는 끝장나고 말 거야.”

평범하기 짝이 없어 보이는 화살.

문득 궁금증이 들어서 심안을 열었다.

[프로그램을 해석 중입니다.]

[해석 완료.]

이름 - 달의 화살(Legend)

설명 : 달과 시작을 함께했기에 그 기운이 무엇보다 강하게 응축된
     화살. 신의 축복과 은총이 함께 깃들어 있다. 달의 신이 가
     진 분신이라 칭해도 부족함이 없으리라.

  *보유하고 있을 시 모든 능력치+2, 모든 경계를 뛰어넘어 꿰뚫음.

  **꿰뚫린 상대에 따라서 전혀 다른 작용이 나타난다.

레전드!

나로선 처음 만져 보는 등급이었다. 본 적은 몇 차례 있으
나 내 손에 들어온 적은 단 한 번도 없었건만.

전혀 생각지 못한 장소에서 접할 줄이야.

“통로를 만들어줄게. 마계와 지구로 향하는 통로를 같이
만들어야 할 거야.”

“마계의 통로를?”

굳이 같이 만들 필요가 있는 지에 대해서 의문이 생겼다. 내 얼굴을 바라본 0001이 설명을 시작했다.

"일단 네 몸의 코드를 따서 통로를 만드는 거니깐. 원래는 마계에 있었잖아? 그래도 갈 수는 없을 거야. 내 생각이 맞는다면…… 특정 조건하에 지구로 본신을 이동시킨 걸 테니깐 말이야. 대신 그 조건을 완성하기 전까진 마계에 들어갈 수 없도록 했겠지. 마계의 필멸자가 지구에 있는 것 자체가 본래는 말이 안 되거든."

0001이 귀를 털곤 안경 하나를 더 꺼냈다.

바로 착용한 후 손가락을 움직이며 말했다.

"며칠만 기다려 줘. 그렇게 오래는 안 걸릴 거야."

Chapter 64
사자대면

Dungeon Hunter

그로부터 3일 뒤, 나는 0001의 인사를 받으며 돌아갈 수 있었다. 그곳에서의 경험은 아주 특이했고 '신'에 대해서도 조금은 알게 되었다. 규율과 규칙, 지금 지구의 상황이 얼마나 이질적인지도 말이다.

그렇다고 내 마음가짐이 변하지는 않았다. 내 목적은 마왕이었으며 내 앞을 가로막는 모든 적을 배제할 따름이다.

내가 달의 마법사라 칭한 놈의 이름은 '구스타르테'.

신위를 가진 신이었으나 지금은 마족에게 몰락한 인형이었다.

만약 달의 화살이 효과가 없거든 구스타르테를 없애는 길밖에 방법이 없었다. 최저한의 약속을 지킨 뒤 주저하지 않고 구스타르테를 죽일 작정이었다.

신을 죽인다.

나로선 여태껏 생각도 못해 본 발상이다.

'신을 죽인 마족이라.'

재밌는 이야기다. 입으로, 혹은 서적에만 존재하던 신화적인 업적들. 그곳에 내 이름이 들어가는 건가 상상하니 웃음이 나왔다.

더불어서 몇 가지 계획도 세워두었다. 구스타르테는 자신이 가진 힘을 온전히 사용하지 못한다. 명령에만 따르게 설계되어 명령과 상반된 내용이 나오면 극심한 혼란을 느낀다. 잠시나마 아예 움직임을 멈춰 버린 걸 보면 알 수 있다.

치천사의 강림은 아직 한참이나 남았고 지금 눈앞에 들이닥친 강력한 적이 내 두 눈에 활기를 불어넣었다.

구스타르테. 죽기 싫거든 얌전히 인형에서 탈피해야 할 것이었다.

다시 지상에 도달했을 때, 세상은 깜깜했다. 완연한 저녁. 마지막으로 격돌한 장소에 정확하게 떨어질 수 있었다. 주변은 엉망진창이었다. 모든 구조물이 스러졌으며 폭격이라도 맞은 듯 지상에 구멍이 수없이 많았다. 지상에서 보면 끝이 보이지 않을 지경의 어지러움이었다.

'이 마력은…….'

다수의 마수와 마족의 기척이 포착됐다. 일단 이곳을 벗어나는 게 급선무일 듯했다.

'막시움을 찾아봐야겠군.'

어두운 밤. 쏜살같은 빠르기로 주변을 벗어났다.

미리 접견 장소를 정해둔 탓에 막시움을 찾는 게 어렵지는 않았다. 브라질 헤시피 근처의 이름 없는 작은 섬이 바로 그 장소였고 그곳에 본 드래곤과 카오스 솔져, 그리고 막시움이 몸을 숨긴 채 대기하는 중이었다.

"오오, 황제 폐하!"

마력을 펼치며 내 존재감을 드러내자 즉시 막시움이 나타났다. 그는 매우 기쁘고 반가운 모습으로 빠르게 다가와 한 쪽 무릎을 꿇었다.

"기다리고 있었습니다."

막시움의 갑주가 많이 상해 있었다. 그 싸움이 얼마나 강렬했는지를 보여주는 모습이다. 하나 아직 끝나지 않았다. 칭찬보단 묻고자 하는 것을 말했다.

"아르엔투는 처리했나?"

"죄송합니다. 다른 마족들의 충원이 있어서 시간을 버는 게 전부였습니다. 그 재수 없는 입을 뭉개 버리긴 했습니다만……."

고개를 끄덕였다. 막시움 딴에는 아르엔투의 입을 막으면 더 이상 명령을 내릴 수 없을 것이라고 판단한 모양이었다. 실제로는 어떨지 모르겠으나 충분히 높이 살 만한 공로였다.

"달의 마법사는 그럼 아르엔투와 함께 있겠군."

"그게 꼭 그렇지는 않습니다."

"그렇지 않다?"

막시움이 얼굴을 살짝 들어 나를 바라봤다.

"세상이 무너지는 듯한 폭발이 일었습니다. 폐하와 달의 마법사가 일으킨 폭발이었지요. 그 직후 제가 찾아갔을 땐 폐하와 달의 마법사 모두 자취를 감춘 뒤였습니다. 혹시 몰라서 아르엔투의 주변을 감시했지만 역시 달의 마법사는 보이지 않았습니다."

막시움은 일처리를 허투루 하지 않는다. 그런 그가 확신하며 말하고 있으니 진짜일 가능성이 높았다.

달의 마법사가 사라졌다…….

잠시 턱을 쓸었다.

"계획을 수정하겠다. 아르엔투를 정리하지."

"아르엔투를 말입니까? 그렇다면 제가 직접…….."

"아니, 이번엔 내가 나서겠다."

동시에 막시움의 어깨가 움찔 떨렸다.

"……공식적으로 모습을 드러내는 건 시기가 빠르다고 하지 않으셨습니까? 혹시 신의 능력이 부족하다 여기셨다면 부디 마지막 기회를 주십시오!"

쿵! 쿵!

막시움이 수차례 머리를 박았다.

전혀 그럴 의도는 아니었지만, 막시움에게는 그렇게 들렸을 수도 있겠다.

내 목적은 어디까지나 어부지리였다. 우파와 아리엘이 서로 상잔하길 기다리고 있었다. 그리고 그를 위해선 구스타르테를 처리할 필요가 있었고. 아르엔투를 처리하다 보면 구스타르테도 모습을 드러낼 것이다. 그때 구스타르테도 한 번에 해결할 셈이었다.

문제는 여전히 우파다. 해서 내가 나설 필요가 있는 것이다. 물론 직접적으로 아르엔투의 던전을 치는 데 모습을 드러낼 생각은 없었다. 우파의 시선을 돌려놓기만 하면 되었다. 아르엔투의 던전 따위에 신경을 쓸 수 없도록!

그러기 위해 나는 강수를 둘 작정이었다.

'사자대면.'

대공들의 회합을 가진다. 초대장을 날리고 중립 지역에 모여서 서로 대화나 한번 해보자는 식으로 도발을 한다. 초대장을 무시할 수도 있겠지만 그만한 떡밥은 던질 요량이었다.

'궁금한 것도 제법 있다.'

우파와 판데모니엄에게 특히 궁금한 점이 있었다. 이번에 그들을 떠보며 정보를 건져 낸다면 일석이조의 효과를 낳을 수 있었다. 반대로 그들도 내게서 정보를 얻으려고 하겠지만…… 그런 싸움도 썩 나쁘진 않다.

"아르엔투의 던전 공략은 너에게 맡기마. 더불어서 달의 마법사를 견제하는 방법도 알려주겠다."

"신 막시움! 최선을 다해 명을 받듭니다."

그제야 조금 안심한 듯이 떨림이 멎었다.

나는 가만히 그런 막시움을 내려다보았다.

이면 세계에 있는 동안 구스타르테의 발을 묶어둘 방법을 생각해 뒀다. 마수들을 충분히 붙여준다면 아르엔투를 처리하고 구스타르테의 발목도 잡아둘 수 있을 것이다.

그리고 사자대면이 끝났을 때 내가 처리하는 게 가장 이상적이었다.

'이히.'

요정의 축복!

이면 세계에선 발동되지 않았으나 이곳은 지구였다.

이히와 같은 세상에 있으니 잠시 후 맑은 목소리가 머릿속을 울렸다.

'네~ 마스터. 이히는 지금 열심히 일을 하고 있어요.'

'시킬 일이 있다.'

'네~ 마스터. 이히는 지금 열심히 일을 하고 있어요.'

미간을 좁혔다. 같은 대답. 목소리가 묘하게 늘어진 것을 발견했다. 하여 무거운 목소리로 내 심상을 전했다.

'오스웬에게 네 장의 초대장을 만들도록 하라. 내가 돌아갈 때쯤에는 완성이 되어 있어야 할 것이다.'

'흡! 이히, 히. 이히 안 졸았어요. 초대장 말이죠? 꼭 전할게요. 그런데 무슨 초대장이여요? 그냥 만들라고 하면 돼요?'

'대공들에게 전할 것이다. 이 한마디만 하면 알아서 만들 터. 필요한 재료가 있을 경우 부담 없이 지출하라.'

'넵!'

이히의 우렁찬 대답을 듣곤 통신을 끊었다.

"마법사의 족적은 아예 놓쳤나?"

"예, 황제 폐하. 제가 갔을 땐 이미 자리에서 사라진 뒤였습니다."

"흠…… 그럼 돌아가야겠군."

"저는 바로 아르엔투의 던전 공략을 시작하겠습니다."

의지는 인정해 줄 만했다. 그간 당한 게 많았는지 두 눈에 불을 켜고 있었다. 하나 나는 고개를 저었다.

"아니, 너도 나와 함께 간다."

"예?"

"장비를 새로 맞출 때도 되지 않았나?"

"아······!"

막시움이 크게 감동받았다. 지저 세계에서부터 사용한 장비들. 장비 자체가 훌륭해서 아직도 사용할 수 있는 것들이 있는 반면 마지못해 사용한다는 느낌의 장비들도 분명히 있었다. 대표적으로 투구와 갑옷이 그랬다. 녹이 슬고 곳곳에 구멍이 뚫려서 방어력은 형편없었다. 그나마 옵션은 봐줄 만했지만 더 좋은 물건이 던전에 많았다.

"가지."

본 드래곤 위에 오르자 막시움이 급히 뒤를 따랐다. 그리고 카오스 솔져를 대신하여 본 드래곤을 몰기 시작했다.

간만에 돌아온 느낌이었다.

내가 도착하자 오스웬과 이히가 바로 앞에서 기다리고 있었다.

"초대장을 완성했습니다. 이 정도면 충분하겠는지요?"

오스웬이 건넨 초대장을 받아 한번 살펴보았다.

가장 인상적인 건 오리하르콘 가루가 살짝 묻어 있다는 점이었다. 마치 별빛처럼 꾸며져 있었고 분노와 황제의 검을 본떠 초대장의 양옆에 그려놓았다. 내용을 적는 공간을 빨갛고 무척이나 도발적이어서 마음에 들었다. 그 외에도 흠잡을 곳 없이 화려하고 웅장한 초대장이었다.

"훌륭하군."

"감사합니다."

"이히, 크리슬리와 줄리엄을 불러라. 나는 던전 코어 옆에 있을 것이다."

"알겠사와요, 이히히! 이히가 바로 부르러 갈게요, 그럼!"

이히가 날갯짓을 하며 던전을 빠져나갔다. 아무래도 직접 전할 생각인 듯했다.

'이제…… 내용만 정하면 되겠군.'

크리슬리와 줄리엄을 부르는 이유가 그것이다.

초대장의 내용!

나는 초대장 자체를 쓸 줄 모르니 그나마 지식인인 둘의 협력을 받아볼 셈이었다. 대공들이 참여할 수밖에 없는 초대장이 될지 아닐지는 그 둘에게 달려 있었다.

크리슬리와 줄리엄, 그리고 나는 던전 코어의 옆에 앉아 최대한 편지의 내용을 구상했다.

"우선 목적을 확실히 해야 합니다."

줄리엄이 말했다.

나는 주저 없이 답했다.

"겉으로는 천사들에 대한 정보 교환. 그러나…… 오쿨루스의 일 이후로 모든 대공이 하나같이 모종의 수작을 부리고 있다. 우파가 그랬고, 판데모니엄이 그랬지. 아리엘도 마냥 청렴하지만은 않을 터. 그를 암시하는 문구를 넣어라."

판데모니엄은 오쿨루스의 휘하 마족들을 데려갔다. 우파는 구스타르테를 인형으로 만들었다. 아리엘도 분명히 보이지 않는 곳에서 모종의 일을 꾸미고 있을 것이다. 제아무리 깨끗해도 그녀는 마족이었기에.

"다소 도발적인 내용이 되겠군요."

"시를 사용하는 건 어떨지요?"

크리슬리가 의견을 냈다.

나는 작게 웃고 말았다.

"대공들이 그런 고상한 취미를 가지고 있을지 모르겠군."

시 읽는 마족이라니. 못 들어본 건 아니지만 내가 본 적은 없다. 아리엘이라면 기초 소양 정도는 있을 것 같았다.

"나의 던전 마스터시여, 그래서 더욱 시처럼 꾸미는 게 괜찮을 것 같습니다. 선의로 보내는 초대장은 아니지 않습니까?"

"바로 그렇다."

선의는커녕 악의만 가득하다.

그에 더해 그들에게 묘한 위협도 함께 줄 것이었다.

내가 너희 대공들의 던전 위치를 모두 알고 있다는.

던전의 위치를 모르고선 초대장을 줄 수 없기 때문이다.

이 자체가 1차적인 도발이 될 수 있었다.

줄리엄이 슬쩍 말했다.

"그들이 꼭 참가하기를 바란다면, 슬쩍 그들의 약점 같은 것을 언급하는 것도 좋습니다."

"약점이라."

"나는 너를 알고 있고 참여하지 않으면 그 정보가 다른 이들에게 새어 나갈 수도 있다는 걸 강조하는 거지요. 굳이 큰 일일 필요는 없습니다."

나도 대공 하나하나를 자세히는 모른다. 그나마 전생에서 밝혀진 몇 가지 사실만 알고 있을 뿐이었다.

'그 사실 중 몇 가지만 던져도 되겠군.'

굳이 큰 먹이일 필요는 없다고 했다.

나는 가만히 고개를 주억였다.

"그리하지."

"저와 크리슬리가 내용을 상의해 보겠습니다. 바로 앞에서 할 것이니 그때그때 조언을 해주십시오."

"알겠다."

시는 나도 문외한이다. 읽어본 적이 손에 꼽는다. 그런 고상한 취미를 가진 마족은 거의 없었다.

이윽고 줄리엄과 크리슬리가 머리를 맞대고 초대장의 내

용을 적어 나가기 시작했다.

우파.

네 명의 대공 중 하나이며 '파괴자'라는 칭호를 가지고 있는 마족.

그는 자신의 던전을 성처럼 꾸미며 그 위에 군림하고 있었다. 자신이 마계에서 가지고 있었던 거대한 성 '블레넌'을 그대로 재현시키고자 투자를 아끼지 않은 것이다.

덕분에 그의 던전은 항상 음산한 분위기를 띤다. 끝이 보이지 않을 정도로 길게 진열된 검은 갑주들, 벽을 장식한 그림과 검들은 을씨년스러운 분위기를 연출하는 데 톡톡히 공헌을 하였다.

비대한 몸집과 하늘로 바짝 솟은 머리칼, 그와 반대로 집요하기 짝이 없는 두 눈이 반개하며 앞을 바라보았다.

"한 명은 눈에 익군. 크리슬리라고 했던가?"

그리고 우파의 앞, 먼지를 가득 뒤집어쓴 두 명의 인영이 서 있었다.

크리슬리와 오스웰!

둘은 사자로서 우파의 던전을 찾아온 것이다.

크리슬리가 가볍게 고개를 끄덕였다. 그녀는 이런 자리가 익숙하지 않았다. 반면 오스웬은 나름 여유로운 듯이 몸을 진정시키고 있었다.

"흐음, 너는……."

"오스웬! 우리는 대공 랜달프 브뤼시엘 님의 사자로서 이 자리에 당도했소."

"재미있군. 대공 랜달프 브뤼시엘이라."

못마땅하다는 표정이 역력하다. 그는 뼈로 만들어진 거대한 의자 위에서 턱을 괴인 채 둘을 바라보는 중이었다.

크르르!

키이이.

계단에 깔린 붉은 융단이 길게 늘어져 있고, 그 주변으로는 온갖 마수가 침을 흘리며 도열해 있었다. 우파의 기분에 따라 마수들은 이빨을 드러내며 험악한 분위기를 조장했다. 그 숫자만 족히 천은 되어 보였으며 모두가 상급 정도의 무력을 갖췄다.

뿐만 아니라 오스웬과 크리슬리의 주변 온도가 급격히 올라갔다. 열이 솟았고 특히 크리슬리의 얼굴이 붉어질 정도로 격하기 그지없었다. 우파의 손가락이 미묘하게 움직이며 둘이 있는 공간을 조종하고 있는 것이다.

그러자 참다못한 오스웬이 나섰다.

"우리는 사자요. 대공 랜달프 브뤼시엘 님의 말씀과 초대장을 건네는 게 우리가 맡은 바. 대공 우파는 지금 정당한 자격으로 온 사자를 겁박하겠다는 거요?"

"정당한 자격? 나는 그대들을 초청한 기억이 없다만. 게다가 랜달프 브뤼시엘 놈과 나는 엄연한 적대 관계이지."

툭. 툭.

의자를 두드리는 우파의 손동작이 조금 빨라졌다. 심기가 좋지 않다는 방증이었다. 여기서 한 발 잘못 디뎠다간 그 끝이 최악으로 향할 것임은 분명해 보였다.

오스웰도 긴장할 수밖에 없었다.

"만나줘서 고맙다고 생각하고 있소. 그대가 적절할 때 나서지 않았다면 지금 우리는 이곳에 서 있지 못했을 테니까. 하지만 우리가 가져온 초대장은 충분이 받아볼 가치가 있다고 자신하오. 적어도 손해는 안 볼 테니!"

이곳은 던전이다. 올라가려면 마수를 처리해야 한다. 아무리 크리슬리와 오스웰이 강하다고 하더라도 둘이서는 한계가 있었다. 게다가 사자의 입장으로 마주하려면 피해를 최대한 줄여야 했고, 정말 우여곡절 끝에 우파에게 닿은 것이다.

우파도 반쯤은 궁금해서 둘을 들인 것에 지나지 않았다.

천하의 랜달프 브뤼시엘이 자신에게 사자를 보냈다? 한 번쯤 만나 봐도 나쁠 건 없겠지.

딱 이 정도의 생각으로 말이다. 덧붙여서 만난 다음 살려 보낼 생각은 없었다. 오스웬과 크리슬리 둘 모두에게도 우파의 의도가 그대로 전해졌다. 둘을 살릴 수 있는 건 오로지 초대장뿐이었다.

하나 오스웬은 이 부분에 관해선 제법 자신이 있는 태도로 일관했다.

"흠…… 하필이면 지금과 같은 시기에 초대장이라. 나와 아리엘이 전쟁 중인 것을 놈이 모르진 않을 터인데……."

우파가 몇 차례 턱을 두드렸다.

"조용히 결과만 나오길 기다리고 있을 줄 알았건만……. 쯧, 어디 한번 보지. 가져오라."

우파도 자신과 아리엘의 전쟁이 끝난 후 먹이를 노리고 달려들 이리가 있다는 것쯤은 예상하고 있었다. 하지만 잠시 전쟁이 멈춘 지금 순간에 초대장을 보내올 줄은 상상도 못한 듯하다.

오스웬이 초대장을 쥐고는 계단을 올랐다. 중간쯤 올라서자 리치 한 명이 불쑥 나타나 길을 막았다.

"뭐냐?"

"초대장, 을, 검사."

초대장에 혹시 무슨 조치를 해뒀을까 의문이 드는 모양이었다. 오스웬은 오만상을 찌푸리며 초대장을 건넸다.

리치는 초대장을 특별한 거울에 비추고 몇 가지 주문을 외더니 고개를 끄덕인 뒤 초대장을 그대로 우파에게 전했다.

촤악!

우파가 밀봉된 초대장을 뜯었다. 빠르게 내용물을 꺼내어 읽기 시작했다.

"……."

침묵의 시간.

오스웬과 크리슬리는 아무렇지도 않은 표정을 짓고 있었시만 살얼음판을 걷는 것과 같았다. 아무리 자신이 있더라도 우파가 변덕을 부리면 그대로 둘의 목을 날리는 게 불가능하지 않은 탓이다. 호락호락 당해줄 생각은 없지만 살아서 나갈 확률은 매우 적었다.

꽈악!

초대장을 읽어 나갈수록 우파의 얼굴이 점점 굳었다. 손에 힘이 들어가더니 이윽고 초대장을 와락 구겨 버렸다.

"랜달프, 브뤼시엘……!"

꽈드득!

우파가 이를 갈았다. 활화산이 터지는 듯 새빨간 눈을 그대로 오스웬에게 쏟아냈다.

"참가하겠다고 전하라. 그리고…… 다시 한 번 이딴 싸구려 도발을 내게 날린다면, 아리엘이 아니라 랜달프 네놈의 목부터 따주겠다는 말도 함께 전하라!"

우파가 고개를 돌렸다. 축객령이었다. 하지만 '전하라'라고 한 것은 살려주겠다는 의미도 함께 내포하고 있었다.

오스웬과 크리슬리가 서로를 쳐다봤다. 이내 오스웬이 손가락으로 V를 그렸다.

그리핀이 창공을 날았다.

크리슬리와 오스웬이 그 위에 올라타 있었다.

"우파의 성향은 던전 마스터께서 말씀하신 그대로군."

"한바탕 격전을 치렀지요."

크리슬리가 조소를 흘렸다. 둘은 초대장을 가지고 세계를 배회하며 대공을 만나는 중이었다. 하지만 생각처럼 쉽게 만날 리는 만무했다. 대공, 그리고 모든 마족은 던전의 가장 높은 곳에서 대소사를 처리하기 때문이다. 초대장을 가져왔다고 무작정 대공을 만날 수는 없었다.

현재 만난 건 대공 우파뿐이었지만 둘의 표정은 썩 좋지 않았다. 어디까지나 '사자'의 자격으로 갔기에 무작정 던전을 파헤칠 수 없었고, 그러다 보니 우파를 불러내기까지 우여곡절이 많았다. 정작 만나서도 죽을 뻔한 기회를 숱하게 겪었다.

"그래도 무서운 자였소. 초대장의 내용이 아니었다면 어떻게든 우리를 제거하려 들었겠지. 실제로…… 지금도 뒤에 따라붙고 있으니."

우파는 대인인 척을 하나 대범하지 못한 마족이었다. 어떻게든 말꼬리를 붙잡으며 논지를 흘리려고 들었고 한 번 실수를 하면 그걸 빌미로 죽이고 말겠다는 의지를 보였다. 까딱 잘못했으면 우파의 면전 앞에서 목이 잘렸을 것이었다.

"다른 대공의 던전을 우리가 알고 있다고 생각하는 것이겠지요."

"곤란하군. 저런 걸 붙이고 갔다간 초대장이고 뭐고 필요가 없을 터인데."

와이번 킹!

창공의 지배자라 불리는 마수가 그리핀의 뒤를 따라붙고 있었다. 딴에는 거리를 둔다고 하지만 오스웬이나 크리슬리의 기감에 걸리지 않을 순 없었다.

우파의 휘하 마수인 와이번 킹을 붙이고 갔다간 다음 만날 대상인 아리엘에게 같은 수족으로 판명되어도 할 말이 없었다. 물론 우파와 아리엘이 전쟁 중인 만큼, 그 둘이 서로의 던전이 어디에 있는지 모른다는 건 말이 안 되지만 조심해서 나쁠 건 없지 않겠나.

"속도를 올리지요."

그리핀이 더욱 빠르게 날개를 펄럭였다. 머지않아 와이번 킹의 기척이 사라졌고, 오스웬이 입을 열었다.

"아리엘 디아블로는 제발 호탕한 마족이었으면 좋겠군. 후! 심력을 너무 썼어."

"다음은 제가 해보겠습니다."

우파를 만날 때 크리슬리는 가만히 있었다. 이런 경험 자체가 적었던 탓이다. 혹여나 실수를 저질러서 만회하지 못할 바에는 그나마 경험이 있는 오스웬을 배우자고 결정한 것이다.

아리엘 디아블로와 그녀의 휘하 마족 대부분은 북아메리카에 위치하고 있었다. 특히 아리엘의 던전은 미국에 있었으나 최근 그녀는 두 개의 던전을 함께 운용하는 중이었다.

그린란드. 세계에서 가장 큰 섬. 국토의 80% 이상이 얼음으로 뒤덮인 그곳!

본래 우파 휘하의 후작 하나가 지배 중이었으나 땅이 아깝다며 아리엘이 단칼에 쳐 낸 것이다. 얼음으로 뒤덮인 그곳의 땅이 그녀에겐 상당히 마음에 든 듯싶었다.

덕분에 크리슬리와 오스웬은 그린란드까지 이동해야 했다. 북아메리카는 우파보다 더 촘촘하고 완고하게 방비를 하고 있어서 상공에서 움직이는 것만으로도 상당한 노력을 기울일 수밖에 없었다.

"빈틈이 거의 없군."

오스웬도 감탄을 내뱉었다. 아리엘의 휘하 마족들은 전략에 대해서도 모두 빠삭한 듯싶었다. 하기야 괜히 '기사 대공'이라 불리는 게 아니다.

적이 이동할 만한 경로에는 꼭 감시탑이 설치되어 있었다. 감시탑 주변에는 마수도 대거 대기하는 중이었고 몇 번이나 추격을 받았다.

"이제 곧 도착합니다."

크리슬리가 진땀을 흘렸다. 챙겨온 마법 아이템들, 은신용 스크롤 모두가 동이 나기 직전이었다. 공중형 마수 중에선 그리핀을 잡을 이가 없다지만 사방에서 덮쳐드는 적들을 피해 나가는 건 과연 힘든 일이었다.

"제명에 못 살겠군……."

오스웬이 고개를 저었다. 이미 죽은 몸이지만, 주인이라는 작자가 자신을 너무 막 다루는 것 같다며 한숨을 내쉬었다. 실제로 할 일이 산더미처럼 쌓여 있었던 것이다.

'끄응. 저주를 풀 장비가 거의 완성 직전이었는데. 살아서 돌아가도 낙이 없어, 낙이.'

Dungeon Hunter

그린란드의 던전 앞.

은백의 기사가 던전의 문을 지키는 중이었다.

한데 오스웬이나 크리슬리로서는 도저히 상대를 떠볼 수가 없었다. 마땅히 느껴져야 하는 마력의 흐름도 이상했고 향 자체도 처음 맡아보는 종류였다. 하지만 최상급 마수의 격을 갖췄다는 것만큼은 확실했다.

"누구냐."

가녀리고 아름다운 목소리가 투구 사이를 비집고 흘러나왔다. 순백의 기사는 눈으로 뒤덮인 던전의 문을 지키는 순백의 여자였다. 오스웬이 나서려고 하자 크리슬리가 한발 더 빠르게 나왔다.

"우리는 대공 랜달프 브뤼시엘 님의 명으로 대공 아리엘 디아블로에게 초대장을 건네주고자 찾아왔습니다."

"랜달프 브뤼시엘! 들어본 적이 있다."

순백의 기사가 고개를 끄덕였다. 하나 그다지 호의적이진 않았다. 알게 모르게 적대적인 느낌이 들었다.

애써 무시하며 크리슬리가 말했다.

"알았으면 문을 여세요. 우리는 당장의 싸움을 원하지 않습니다."

"아니, 이 문을 넘어서려면 자신의 자격을 증명해야 한다. 대공 아리엘 님께선 아무나 만나시지 않는다."

"우리는 대공 랜달프 브뤼시엘 님의 명령으로……."

"무기를 들어라, 여자와 남자야."

순백의 기사가 품에서 레이피어 하나를 꺼내 들었다. 가만히 넘어가주지 않겠다는 절절한 의지가 느껴졌다.

크리슬리가 고개를 돌려 오스웬을 바라보자, 오스웬은 씁쓸히 한숨을 내쉬며 고개를 끄덕였다.

상대를 가늠할 수는 없으나 그렇다고 쉽게 질 것 같지도 않았다. 아니, 오스웬과 크리슬리는 모두 최상급 마수로서도 손색이 없는 경지에 있었다. 특히 오스웬은 상상도 못할 오랜 경험이 함께 녹아 있었다. 여섯 개의 손을 회복하고 직접 무기를 만들어 예전의 무력보다 강해진 지금, 순백의 기사가 안중에 있을 리 없었다. 싸우는 상대가 누군들 이길 자신이 있었다.

여섯 개의 검을 든 오스웬이 입을 열었다.

"한 수 부탁하오."

은백의 기사가 순간 사라졌다. 눈 깜빡할 사이에 오스웬에게 도달하여 레이피어를 놀리고 있었다.

쇄악!

하지만 얕다. 오스웬도 다소 놀라긴 했으나 만만치는 않은 자다. 몸이 먼저 반응하여 레이피어를 피해낸 것이다.

그러나 막상 피했음에도 오스웬은 고개를 갸웃했다.

이질적인 탓이다. 그게 무어라 말은 못하겠지만…….

'쉽지 않겠군.'

그래도 이긴다. 오스웬은 자신이 지리라고 생각하지 않았다. 지저 세계에서보다 강해진 자신을 이길 자는 손에 꼽을 터. 그중 하나가 저 은백의 기사이진 않을 것이다.

츠츠츳!

오스웬이 여섯 개의 검을 겹쳤다. 그 사이로 레이피어가 막혔다.

'미친 황소가 따로 없어.'

그야말로 저돌적이었다. 그러나 속도에 비해 힘이 크게 실리진 않았다. 균형이 안 맞는다는 느낌이 강했다. 하나 작은 공격도 중첩되면 강해지는 법이다.

은백의 기사는 오스웬에게서 작은 틈을 만들어내고자 쉴 새 없이 몰아붙이는 중이었다. 작은 틈 하나면 거대한 바위도 부술 수 있다는 신념이 눈에서도 느껴졌다.

"나를 아주 우습게 보셨군."

오스웬은 본래 대장장이였다. 그리고 대장장이는 의외로 승부욕이 높다. 명검을 만들고자 하는 강렬한 집착이 없다면 명장이라 불리지 못한다. 검을 쥔 지금도 마찬가지였다. 적어도 인정하지 않은 자에 한해서 지기는 싫었다. 강렬한 승부사의 기질이 뭉게뭉게 피어올랐다.

무작정 공격하면 뚫릴 것이라는 발상.

자신을 우습게 보지 않는 이상 할 수 없는 행위다.

'지옥도.'

자아를 되찾고 오스웬은 여섯 개의 검을 만들었다. 던전 마스터에게서 받은 신의 철을 주재료로 삼아서 지옥을 재현하는 여섯 개의 기둥을 세운 것이다. 이름은 모두 지옥도였으며 완성한 즉시 '스킬'이 떠올랐다.

여섯 개의 검을 겹치자 지옥불이 피어올랐다. 검은색의 지옥불은 오스웬을 집어삼켰고 하나처럼 융화되었다. 곧 지옥에서 찾아온 사자같이 흉포한 기세를 띠었다.

그것을 본 은백의 기사가 찔러보기식의 공격을 멈췄다. 대신 레이피어를 한 점에 모아 극도의 집중력을 발휘하기 시작했다.

점 하나에 모든 파괴력을 집중한 공격.

오스웬도 즉시 알아보았다. 피하는 게 상책이겠으나, 서로 길게 끌어서 좋을 게 없다는 걸 인지하고 있었다. 그러니 한 방에 건다. 서로가 이런 식의 공격에 대해서 그만큼 자신이 있었다.

이윽고 두 인영이 서로에게 달려들기 시작했다. 오스웬이 발을 옮길 때마다 떨어진 검은 불이 퍼져 나가며 지옥을 연상시켰고 은백의 기사는 레이피어에 탄환처럼 마력을 모아 쏘았다.

그리고…… 서로가 부딪칠 찰나.

채에엥! 칭!

검과 레이피어가 날아갔다.

"거기까지 하거라."

눈으로 뒤덮인 섬. 발자취를 남기던 두 인영 사이의 한 여자!

이마에 난 염소의 뿔이 인상적인, 새하얀 눈과는 대비되는 화려한 색감을 지닌 마족.

아리엘 디아블로의 등장이었다.

아리엘은 아무렇지도 않은 듯, 평소와 같은 무표정한 얼굴로 모두의 앞에 섰다. 오스웬과 크리슬리를 딱히 해할 의도는 보이지 않았지만 도무지 무슨 생각을 하는지도 알 길이 없었다. 하지만 말을 걸기도 애매했다. 그저 조용히 따라가는 수밖에는 방법이 보이지 않았다.

그렇게 들어간 던전은, 그야말로 고요하기 그지없었다. 마수는 일체 보이지 않았다. 듣기로는 주인을 몰아내고 이 장소를 차지했다는데, 아무런 대비도 안 되어 있는 모습이 이상하기 그지없었다.

적대적이지도 우호적이지도 않으니 더욱 좌불안석이었다. 특히 오스웬은 한 번에 자신의 공격이 막힌 일에 대해서 제법 충격을 먹고 있었다. 아무리 기습적인 막아섬이었다고 하더라도 기척을 아예 느끼지 못할 줄이야. 이곳이 전장이었다면 진즉 목이 날아갔을 일이다.

"랜달프 브뤼시엘이 보냈느냐?"

이동 마법진 위에 서자 처음으로 아리엘이 입을 열었다.

"맞습니다. 우리는 대공 랜달프 브뤼시엘 님의 초대장을 건네고자……."

"긴말은 되었다."

그 하나만 확인하면 되었다는 듯.

무심하기 짝이 없는 손짓으로 이동 마법진을 발동시켰다.

밝은 빛이 주변을 휩쓸며 작은 균열이 열렸다. 이어 빛이 사라지자 전혀 다른 공간에 모두가 위치하게 되었다.

동시에 오스웬과 크리슬리는 상당히 놀랄 수밖에 없었다. 스물은 되어 보이는 은백의 기사가 두 열로 도열해 있었던 것이다.

크기는 제각각이었다. 전신 갑주를 입어서 안을 확인할 수는 없었지만 아주 어려 보이는 아이의 기척도 느껴졌다. 확실한 건 입구를 막고 있던 은백의 기사가 가장 연식이 오래되었다는 것이다.

무력의 강함도 쉽사리 측정이 되지 않았다. 최상급은 아니더라도 최소 상급은 되어 보였다.

"돌아오셨습니까, 아리엘 디아블로 님."

"상을 차리거라. 손님이 왔으면 대접을 해줘야지."

"예."

머지않아 오스웬과 크리슬리는 거대한 탁자 옆에 앉았다. 은백의 기사들이 질서정연한 모습으로 둘을 안내한 것이다.

음식들이 나오기 전까지 오스웬과 크리슬리는 입도 뻥긋하지 못했다. 우선 아리엘 디아블로의 의도를 파악하는 게 먼저였기 때문이다. 하지만 도무지 속을 읽을 수가 없었다.

"많이 당황하고 있나 보군."

아리엘은 얕게 미소 지었다. 강자의 여유가 있다면, 바로 이와 같은 모습이리라. 몸짓 하나하나에도 여유와 자신감이 배어 있다. 후천적으로는 절대로 가질 수 없는 분위기다. 태생부터가 마왕의 핏줄이기에 가능한 몸짓이었다. 오스웬은 그를 잘 알고 있었다. 자신이 아는 한 사람, 나락군주도 그랬으니까.

"랜달프 브뤼시엘이 내게 전하라 한 물건이 있을 테지?"

"이거……."

"이거요."

크리슬리가 나서려고 하자, 오스웬이 제지했다.

아직 크리슬리는 이런 자리에 약하다. 강자를 대하는 법, 유연한 대처가 불가능하다. 웬만하면 기회를 주려고 했지만

이 여자, 아리엘 디아블로는 그 정도로 가볍게 넘어갈 자가 아니었다. 어쩌면 우파보다도 위험한 자라고 오스웬의 본능이 외쳐 대고 있었다.

초대장을 받아 든 아리엘이 읽기 시작했다.

"흠……."

하나 우파와 달리 짜증을 내는 기색은 없었다. 도리어 매우 흥미로운 눈초리로 초대장의 내용을 읽어 나가고 있었다.

길지는 않았다. 대략 30초 만에 모든 내용을 훑은 아리엘이 오스웬을 바라봤다.

"재밌는 일을 저질렀군. 다른 대공에게도 이와 같은 초대장을 건네주었겠지?"

"그렇소."

우파를 먼저 만났다고 하면 괜히 아리엘의 심기를 상하게 할 가능성이 있었다. 애써 숨기며 오스웬이 말하자 아리엘은 탁자를 가볍게 두드렸다.

"유례가 없는 일이다. 선대 마왕이 죽은 이후 대공들은 척만 질 줄 알았지, 모인 일이 없었다. 한데 오쿨루스의 자리를 차지했을 뿐인 대공이 모든 대공을 소집했다! 후후후……."

아리엘은 매우 신이 난 듯했다. 우파와 전쟁 중이라서 여유가 없을 줄 알았건만, 우파와는 전혀 다른 얼굴로 오스웬과 크리슬리를 대하고 있었다. 마치 우파 따위는 안중에도 없다는 태도.

"음식이 식겠군. 들라. 특별히 너희를 위해 준비했으니."

적대적이지 않다는 건 확실해졌다.

하지만 불안한 자리임에는 여전했다.

오스웬과 크리슬리가 나이프와 포크를 들자 무척 조용하고 긴 식사가 시작되었다.

던전을 빠져나온 오스웬이 한숨을 내쉬었다.

"빈틈이 없는 여자로군. 전대 마왕의 딸이라고 했나? 과연……."

"그 기사들, 여러 가지가 섞여 있는 것 같았어요."

그때 크리슬리가 입을 열었다. 아리엘보단 그 주변의 기사들에게 신경을 쓰고 있었던 모양이다.

"아아, 평범하진 않았지. 확실히 묘한 기분이기도 했고……. 뭐가 섞인 건지는 모르겠더군."

"어쩌면 그 기사들이 아리엘 디아블로의 최강 무기일지도 모르지요. 우파가 달의 마법사를 길들였듯이요."

"우리 던전 마스터께서도 저런 괴물들을 상대해야 하니 쉽지가 않겠어."

오스웬은 질렸다는 듯 혀를 찼다. 뒤에서 수작을 부리지 않는 대공이 없었다. 판데모니엄은 그보다 더하면 더했지 결코 덜하지 않을 터.

"빠르게 끝마치고 돌아가지요. 자세히 해야 할 이야기가 너무 많습니다."

"이제 한 곳만 더 들르면 끝이다. 가지."

그리핀에 오른 두 사람이 빠르게 창공을 배회하였다.

Dungeon Hunter

나는 오스웬과 크리슬리에게 기나긴 보고를 받고 던전 코어의 옆을 서성거렸다.

우파, 아리엘, 판데모니엄 모두와 만난 둘의 표정은 썩 좋지가 않았고, 내용도 내 상상을 제법 뛰어넘고 있었다.

'무엇이 그들을 변하게 했는가.'

우파도, 아리엘도, 판데모니엄도 각각 무언가를 숨긴 채 행동했다. 그나마 아리엘은 전면에 공개했지만 그게 전부라고 생각하긴 이르다.

원래라면 무난히 마수를 늘려서 힘겨루기를 했을 그들이다.

'오쿨루스.'

그들이 변한 계기를 떠올리자면 오쿨루스밖에 걸리는 게 없었다.

금기를 넘어서 모든 대공에게 경고를 날린 오쿨루스.

내 손에 죽었지만 그의 외침은 아직 죽지 않은 것 같았다. 어쩌면 또 다른 금기에 손을 댄 대공이 있어도 이상하지 않다.

게다가 아리엘의 경우 오스웬을 단번에 제압했다고 했다. 마계 옥션에서 확인한 그녀의 상태창으로는 힘든 일이다. 아무리 방심하고 있었다고 해도 오스웬은 최상급의 마수. 충분히 눈치채고 행동할 수 있었을진대.

변하고 있다. 무척 빠르게. 나 역시 그랬고.

"하지만 승자는 나다."

승자라는 단어는 달콤하기 그지없었다. 입 밖으로 꺼내며 자신을 다졌다. 그들이 아무리 변하고 강해진들 내 속도에는 미치지 못한다.

비록 나는 혼자이나 그들을 상대할 힘을 가지고 있었다.

'허, 설마 그 아리엘이 묘한 것을 키우고 있을 줄이야.'

기사 아리엘!

비록 마족의 틀은 모두 벗어던지지 못했지만 그래도 마족 중에선 가장 청렴하다고 할 만한 이다. 그런데 순백의 기사라고 했던가.

몇 가지가 섞여서 도무지 정체를 알 수 없다고 했다. 생명 연금술과는 거리가 멀던 그녀가 그런 것을 만들었으니 정말 알다가도 모르겠다.

'이번 회합은 꽤 재밌어지겠군.'

한 가지 확실한 건 간접적인 힘겨루기의 장이 될 것이라는 점.

마계 옥션처럼 누군가가 제지하지도 않는다. 아무런 페널티도 없었다. 싸우고 싶으면 싸울 것이고, 그러기 싫어도 싸우게 될 것이다.

거대한 파도다. 해일이다. 세상을 뒤엎는.

누구도 막지 못할 것이었다. 내가 벌였으나 솔직히 아주 뒤의 일은 크게 생각하지 않았다.

인간들에겐 재앙과 같은 일이겠지만 이제 이 변화는 누구도 막을 수 없었다. 그것은 같은 마족이라도 마찬가지다. 설령 신이 나타나 중재한들 가능할까?

'마지막 준비를 해야겠군.'

그들을 한자리에서 볼 생각을 하니 손이 간지러워졌다.

고작 5년 차. 그러나 내게는 벌써 수십 년째다.

누가 웃고 누가 울지…….

피식 웃으며 자리에서 이동했다.

Chapter 65

그리니치 천문대

Dungeon Hunter

영국 런던 그리니치 천문대.

인간들은 이곳을 세상의 중심이라고 부른다. 앞으로 회의가 될 장소는 바로 이 중심이 될 예정이었다.

나는 누구보다 빠르게 가서 가장 먼저 자리를 잡았다.

초대장을 보낸 이가 나인 만큼, 이곳을 정돈하고 꾸밀 필요가 있었던 탓이다.

하지만 주변의 인간이 너무나도 많았다. 물론 어찌할지는 정해져 있었다.

기간테스와 히드라가 등장한 순간 이간들은 극도의 혼란에 휩싸였다.

그 뒤를 따라 범접하지 못할 강력한 마수들이 줄줄이 나타나자 아예 반항할 생각도 않고 도망가기에 바빴다.

그럼에도 남는 자들. 지키려는 인간들을 향해 나는 싸늘하게 한마디만을 남겼다.

"짓밟아라."

나는 천문대 위에 서서 주변을 둘러보았다.

고요한 분위기.

불과 수 시간 전만 해도 수많은 인간이 드나들던 장소다.

'벌써부터 감시하는 자들이 있군.'

하지만 고요한 분위기와는 다르게 살기를 품고 이쪽을 바라보는 눈동자가 다수 있었다.

'판데모니엄의 마수들.'

아시아와 유럽은 거의 판데모니엄의 영역이라 봐도 이상할 게 없다. 그의 영역 속에서 회합을 열었으니 가장 먼저 도달하는 것 역시 그의 휘하 마족, 혹은 마수일 것이었다.

"정말 이 숫자로 괜찮겠습니까? 지금이라도 명하신다면……."

"되었다."

때마침 크리슬리가 걱정 가득한 어조로 물었지만 나는 단호하게 거절했다.

말마따나 이곳에 들인 마수의 숫자를 최저로 맞췄다. 최정예라고 하나 백이 넘지 않는다. 다른 대공들은 필히 수천, 수만…… 어쩌면 그 이상의 군세를 대동할 터.

만에 하나의 사태에서 몸을 지킬 여력이 부족하다 여길 수도 있지만 개의치 않았다.

이유는 간단했다.

'많을수록 피해만 커질 테니.'

대공들이 모인다. 사상 초유의 상황.

아무런 문제 없이 지나가는 건 불가능하다. 모두 그걸 알고 있을 것이고 그에 따른 대비도 해올 것이다.

당연히 데려온 마수가 많을수록 혼돈의 도가니 속에서 잃을 숫자가 많아진다. 게다가 나는 이 회합을 단순한 대공의 장으로만 끝낼 생각이 없었다.

"나의 던전 마스터시여, 최소한 마법진이라도 설치하는 걸 허락해 주십시오."

크리슬리는 걱정이 많았다. 이미 한 번 사라진 전례가 있어서인지 대공들이 모일 장소에 유유자적 있는 게 마음에 차지 않는 모양이다.

"판데모니엄은 마도의 정수라 불리는 놈이다. 마법진이 있다면 단번에 파악하고 발동되지 않도록 만들 수 있지. 괜히 설치하여 오해를 살 필요는 없다."

세간에는 잘 안 알려졌지만 우파도 만만찮은 실력자다. 크리슬리나 내 휘하 마족들의 솜씨로는 그 둘을 속이기 역부족이었다.

"……알겠습니다."

크리슬리가 물러났다. 나도 따로 말을 건네진 않았다.

전생에선 몰랐지만 누군가가 나를 걱정해 준다는 기색이 썩 나쁘진 않았다. 어색하긴 해도 기분 좋은 측에 들었다.

'슬슬 시간이로군.'

회합이 시작되는 시간은 내일모레다. 이틀이란 시간을 남기고 내가 이곳을 찾아온 건 단순한 정리만을 위해서가 아니다.

내가 움직이자 다시금 크리슬리가 따라붙었다.

"나의 던전 마스터시여, 어딜 가십니까?"

"버킹엄 궁전."

"……?"

"지금쯤이면 다 모였겠군."

차갑게 미소 지으며 발을 놀렸다.

영국, 버킹엄 궁전(Buckingham Palace).

여왕이 기거하는 장소로서 영국의 매우 상징적인 장소다.

영국의 수상이 몬스터 웨이브로 죽은 이후 그녀가 대부분의 일을 처리하고 있었다. 허울뿐인 자리에서 실무가 된 것이다. 하여 특별한 일이 생기면 대부분 버킹엄 궁전에서 회의를 거치곤 했다.

"그리니치 천문대가 마수들에게 점령당했습니다."

탁!

육군 대장의 보고에 메리 여왕이 책상을 내려쳤다.

"보고는 이미 받았습니다. 그리고…… 제가 여러분에게 바라는 건 이미 들은 보고가 아닌 앞으로의 해결책이에요. 세상의 중심지에 괴물들이 들어찼단 말입니다."

문제는 그 괴물들이었다. 그저 그런 괴물이었다면 이런 회의가 소집되지도 않았을 것이다. 하나 마수 분류표에서 아득히 윗자리를 차지하는 진정한 괴물들이 우글대고 있었다.

이에 땀을 뻘뻘 흘리던 육군 대장이 어렵사리 입을 열었다.

"총력을 기울여서……."

"그만. 일반적인 군대로 해결할 수 있는 레벨이 아니라는 것쯤은 나도 알고 있어요. 각성자 부대를 육성하고 있다는 보고가 있었지요? 지금 성과가 어떤가요, 칼스 중장?"

호명된 칼스 중장이 절도 있게 앞으로 한 걸음 튀어나왔다.

"적이 누구인들 박살 낼 자신이 있습니다. 설령 상대가 최상급의 마수일지라도 우리 '백사자' 부대를 이길 순 없습니다. Ma'am."

"듬직하군요. 혹시 이 자리에서 그 모습을 확인할 수 있을까요?"

"여왕 폐하! 아직 검증되지 않은 각성자들을 이 신성한 자리에 들일 수는……."

해군 대장이 나서봤지만 메리 여왕은 요지부동이었다. 한결 같은 눈빛으로 칼스 중장만을 바라보고 있었다.

이미 수차례 패배를 맛본 기본 병단보단 각성자 부대에 거는 기대가 더욱 크기 때문이다.

수많은 정부에서 각성자의 전문적인 육성을 시도했지만 번번이 실패하고 말았다. 인간은 힘을 얻으면 엇나가게 마련이었고 쉽게 통제가 되지 않았다.

이곳에 모인 이들 중 각성자가 없는 것은 아니나 외면당하는 게 현실이었다. 하나, 그중 칼스 중장만은 예외였다. 그는 최고 레벨의 각성자로 그동안 모든 임무에서 실패해 본 적이 없었고 영국에 대한 애국심도 매우 높았다. 메리 여왕으로선 기대가 안 가려야 안 갈 수가 없는 것이다.

"칼스 중장, 볼 수 있나요?"

"당연합니다, 여왕 폐하."

"그럼 보고 싶군요."

칼스 중장이 바닥을 두어 번 내려쳤다. 그리곤 자신의 할 일을 다 했다는 듯 가만히 있었다. 30초나 지났을까? 모두의 머리 위에 물음표가 뜰 무렵.

화아아앗!

회의실 바닥에서 빛이 뿜어져 나왔다. 칼스 중장을 제외한 모든 이의 눈이 큼지막하게 커진 바로 그 순간 빛은 하나의 구멍을 만들었고, 그 구멍을 통해 30명의 전사가 모습을 드러냈다.

이후 질서정연한 모습으로 서서 메리 여왕에게 고개를 숙였다.

"백사자 부대의 전사들입니다. 모두 일당백…… 아니, 그 이상을 하는 친구들입니다."

칼스 중장이 흐뭇하게 웃었다. 자신감으로 똘똘 뭉친 모습.

실제로 이곳에 모인 누구보다 지금 나타난 서른 명이 가져다주는 존재감이 더욱 컸다. 칼스 중장을 제외하면 말이다.

바닥을 뚫고 나타나다니.

심지어 이 버킹엄 궁전 어디에도 저들을 들인 기억이 없다.

한마디로 장소적 제약이 저들에겐 없다는 뜻!

"이들이라면 그리니치 천문대의 괴물들을 몰살시킬 수 있다는 거로군요?"

"한 번에 전부는 힘들겠지요. 하지만 하나씩, 하나씩 제거하는 건 가능합니다. 어차피 그리니치 천문대에 모인 마수의 숫자가 일백 안팎이라 하더군요. 3일. 딱 3일만 제게 주십시오, 여왕 폐하."

구미가 당긴다. 강력하기 짝이 없는 일백의 마수를 도발하면 무슨 일이 벌어질지 알 수가 없다. 하지만 하나씩 조용히 처리할 수만 있다면 꼭 그렇게 하고 싶은 마음이다.

"그러다가 마수들을 자극할 수도 있습니다. 차라리 일거에 처리하는 편이 낫지 않겠습니까?"

육군 대장이 나섰다.

마땅한 지적이다. 괜히 믿고 나섰다가 긁어 부스럼을 만들수도 있는 것이다.

"시국이 걸린 일입니다. 부디 현명한 선택을……."

저 마수들이 퍼져 나간다면 제아무리 영국이라도 어쩔 도리가 없다. 셀 수도 없는 사상자가 나고 곳곳이 초토화될 것이다. 이곳인들 무사하리란 보장이 없었다.

세계에서 그나마 영국은 마수로부터 위험하지 않은 측에 속했다. 보유한 각성자들의 레벨이 높았고 군대 자체도 어지간한 마수는 사냥할 정도가 되었기 때문이다. 그리고 지난 5년간 어느 나라보다 마수와의 실전을 전문적으로 분석하고 시도한 곳이기도 했다.

"육군에도 각성자는 많습니다. 이곳 버킹엄 궁전을 호위하는 이들만 하더라도 백전백승의 진정한 전사이지요. 굳이 30명에게 시국을 걸 필요는 없지 않겠습니까? 이번 일로 괜히 일이 불거지면 전 세계의 웃음거리가 될 겁니다."

구구절절 맞는 말이었다. 처리할 수 있다면 일거에 처리하자는 말도 꽤 신빙성이 있었다.

누가 봐도 칼스 중장을 저격한 말이었지만 정작 칼스 중장의 얼굴에는 여유가 넘쳤다.

"진정한 전사들이라……. 그런 것치곤 주변이 너무 조용하지 않습니까?"

칼스 중장의 말에 육군 대장을 비롯한 몇몇이 '이게 무슨 개소리냐'는 표정을 지어 보였다.

하지만 확실히 조용하다. 이상하리만치 조용했다. 숨소리조차 들려오지 않았다.

이곳의 모두는 강도 높은 훈련을 받았다. 거리가 조금 떨어져 있어도 심장 소리쯤은 들을 수 있었다. 그러나 들려오지 않는다.

무슨 일인가?

막 묻기 전이었다.

끼이익.

문이 열리며 스무 명 정도의 인물이 새로이 나타났다.

그들 중 한 명은 쓰러진 군인의 멱을 잡고 끌고 왔고, 또 한 명은 껌을 질겅질겅 씹고 있었다. 미리 본 서른 명과는 달리 대부분 태도가 좋지는 않았다.

"백사자 부대의 마지막 전사들을 소개하지요. 아직 교정이 안 끝나 다소 거친 구석이 있는 친구들이지만, 실력은 확실합니다."

"이…… 이게 무슨 짓이냐, 칼스 중장!"

모든 군인이 목에 핏대를 세웠다. 신성한 버킹엄 궁전에서 싸움이 벌어진 것이다. 게다가 저 모습을 보아하니 모든 경비병을 정리한 듯싶었다. 자칫 역적으로 몰릴 수도 있는 일. 하나 메리 여왕은 아랑곳 않았다.

"대단한 실력이군요. 아무런 소리도 들리지 않았는데요."

"대단한 친구들이지요. 어떻습니까, 여왕 폐하. 3일만 주신다면 말끔하게 정리해 보이겠습니다."

"경비병들을 죽이진 않았겠지요?"

"다소 손이 거친 친구들이지만 제 명령 없이 아무나 죽이고 하진 않습니다. 모두 기절만 시켰습니다."

"좋아요, 그럼 이번 임무는 칼스 중장에게 전적으로 맡기지요."

메리 여왕이 흔쾌히 허락했다. 제법 과격한 일처리였지만 백사자 부대의 위력을 알려주는 데 더할 나위 없는 작전이었다.

덕분에 다른 이들은 모두 얼굴만 새빨갛게 물들였을 뿐 선불리 나서질 못했다.

예전이라면 모르겠으나, 시대가 바뀌었다. 지금은 힘 있는 자가 정의다. 그 힘은 거칠수록 더욱 좋았다.

칼스 중장이 흐뭇하게 미소 지으며 메리 여왕이 내민 손을 맞잡았다.

이번 임무만 깔끔하게 해결하면 더 이상 영국에서 걸림돌은 없다. 매번 일을 하려할 때마다 방해하던 녀석들도 더 이상 그러지 못하리라.

밝기만 한 미래를 상상하며 맞잡은 손을 떼려던 바로 그때.

"3일로 충분할지 모르겠군."

"......!"

칼스 중장이 급히 메리 여왕의 앞을 막아서며 목소리의 진원지로 몸을 돌렸다. 그가 반응하기 무섭게 백사자 부대도 전투태세를 갖췄다.

언제부터 있었는지 정장을 입은 창백한 얼굴의 남자가 유유자적 창가에 앉아 있었다.

눈치채지 못했다. 이곳에 있는 어느 누구도!

칼스 중장의 온몸에 소름이 돋았다.

각성자 중에서도 최강자라 칭송받는 이. 그의 명성은 전 세계에 널리 퍼져 있다. 어지간한 상급 마수는 홀로 처리할 수 있고 최상급 마수가 나타나도 기척을 느끼는 것 정도는 충분히 가능하다.

그런데…… 그럴진대! 모르겠다. 아무것도 느껴지지 않는다. 그저 불길했다.

백사자 부대가 빠르게 남자를 에워쌌다. 스킬의 캐스팅을 하고 말살할 준비를 했다.

도합 50명의 백사자 부대원, 그리고 칼스 중장이라면 최상급 마수의 처리도 불가능하진 않다. 마족조차도 홀로 있으면 처리가 가능하다고 자신한다. 설령 저 남자가 무슨 존재인들 이곳에서 몸성히 빠져나갈 순 없었다.

"명심하라. 공격하는 자, 죽는다."

남자는 희미하게 웃었다. 거짓 없는 냉소. 그 안엔 무한한 자신감이 있었다. 아니, 안중에도 없다는 표정이다.

백사자 부대가 이런 무시를 받다니!

발족한 지는 몇 년 되지 않았으나 백사자 부대는 칼스 중장이 고르고 고른 정예다. 매일 생사를 넘나드는 정도의 훈련을 시켰으며 그 과정에서 낙오되거나 죽은 자만 백이 넘는다.

그야말로 세계 최고.

어느 부대도 견줄 수 없는 최강의 각성자 부대였다.

'내가 겁을 먹었다고?'

본래라면 발견한 즉시 목을 쳤을 것이다. 신성한 버킹엄 궁전에서도 소란을 일으킬 만한 행동력이 칼스 중장에겐 있었다.

한데 미적이고 있다. 결정을 내리지 못하고 있었다. 공격하는 자는 죽을 거라는 저 말이 왜인지 너무나 와 닿았던 탓이다.

"인간치고는 제법 강한 축에 들겠다만……."

남자는 품평하듯 백사자 부대원들의 얼굴을 훑었다. 그리곤 피식 웃었다. 방금 전과의 냉소와는 전혀 다른, 보이는 그대로의 비웃음이다.

"부족하군. 이 정도로 3일 안에 그리니치 천문대의 마수들을 멸하겠다니. 장담하건대 3분이면 너희들은 다 죽을 것이다."

"미친놈!"

아직 교정되지 않은 20인의 백사자. 그들은 실력이 좋지만 태도에 문제가 아직 남아 있어서 후방에 배치하곤 한다.

하지만 그들은 자신이 백사자 부대에 속해 있다는 걸 매우 자랑스럽게 여긴다. 그런데 지금 그 긍지가 웬 듣도 보도 못한 남자에게 무시받은 것이다.

남은 30명은 철저히 칼스 중장의 명령 없이는 움직이지 않지만…… 남은 20명이 반발하고 나섰다.

수우욱!

남자의 바로 뒷공간에 작은 빛의 균열이 생겨났다. 어느새 부대원 하나가 공간을 열고 그 안으로 도약한 것이다.

빛의 균열 안에서 검을 든 부대원 한 명이 나타나 정체불명 남자의 등을 찌르려 할 그때였다.

콰르르릉!

천둥이 쳤다. 그렇게밖에 안 보였다. 검을 뻗던 대원 하나가 숯덩이가 되어 바닥에 떨어졌다. 남자는 거들떠도 안 봤다.

화르륵!

대신 남자의 등에서 불길이 치솟았다. 불길은 이내 방 전체를 감쌌다.

그제야 느껴졌다.

이 압도적인 마력의 향! 무시무시한 존재감!

칼스 중장은 아득한 심연 속에 떨어지는 기분을 느끼며 숨을 크게 몰아쉬었다.

척! 척!

백사자 대원들이 급히 태세를 갖추며 공격할 준비를 했다. 명령이 내려오지 않았으나 계속해서 이대로 있다간 큰일이

생길 것이라는 사실을 그들 모두가 본능적으로 느꼈기 때문
이다.

"끄아아아악!"

대원들이 발을 뻗었다. 그중 검을 들고 달려든 대원 셋이
불에 휩싸였다. 회복 스킬, 물 계열 스킬을 사용해 봤지만 불
길은 결코 사그라지지 않았다. 대상의 목숨을 완전히 소진시
킬 때까지 타올랐다.

뚜벅. 뚜벅.

남자는 걸었다. 대원 몇몇이 더 달려들었으나, 부나방에
지나지 않았다.

불길에 뛰어든 부나방의 최후는 한결같은 법.

차이가 너무 컸다. 남자는 그저 불길하고 무심했다. 이런
'격'의 차이는 여태껏 느껴본 적이 없었다. 그것은 마족이라
일컬어지던 마수들의 종주를 만났을 때도 마찬가지였거늘.

칼스 중장이 입을 열었다.

"멈춰라!"

식은땀이 줄줄 흘렀다. 등은 이미 흥건하게 젖어 있었다.

이런 느낌은 처음이었다.

"대장님, 저놈이 우리 대원들을……."

냉정함을 잃은 대원들은 아직도 싸울 기세가 가득했지만
칼스 중장은 고개를 저었다.

"너희가 어찌할 수 있는 자가 아니다."

확신했다.

저놈은 괴물이다.

일반적인 마수 따위와는 차원이 다르다.

세상이 변하게 된 원인, 마족!

마수들을 부리며 지구를 침략해 온 침략자.

거대한 던전은 그들의 전진기지와도 같았다.

죽일 수 있다면 그렇게 하겠지만 만용이다. 칼스 중장은 나서야 할 때와 들어가야 할 때를 정확히 구분할 줄 알았다.

만용은 화를 부른다. 특히 장소가 장소였다. 자신이 죽는 한이 있어도 메리 여왕만큼은 지켜야 했다.

그녀는 영국의 상징적인 존재다. 모든 시민의 정신적 지주며 버팀목이다. 그렇기에, 그녀가 죽으면 영국이 무너진다. 영국의 모든 시민이 희망을 잃는다. 희망이 없는 나라에 미래는 없다.

꿀꺽!

칼스 중장이 침을 삼키며 말했다.

"당신은…… 누구지? 어째서 이곳을 찾아왔는가."

까만 눈동자는 무심하기 이를 데 없고 그의 발걸음 소리는 천금과 같이 무겁다.

천천히 다가온 남자는 얕게 웃었다. 가소롭기 이를 데 없다는 듯. 그 누구도 칼스 중장과 메리 여왕 앞에선 보일 수 없고, 보여선 안 되는 무례한 행동이지만……

이윽고 남자가 마저 입을 열었다.

"나는 네 명의 대공 중 하나, 랜달프. 너희에게 절망과 희망을 건네러 왔다."

"대공."

칼스 중장이 작게 신음을 토했다.

가장 먼저 반응한 건 '대공'이란 부분이다. 그는 다른 이들보다 많은 정보를 가지고 있었다. 특히 마족에 관해선 어지간한 기밀 모두를 알고 있었고, 72개의 던전과 그곳의 관리자인 마족들은 서로 계급을 지니고 있다는 것 역시 알게 되었다.

대공이라면 가장 최고위의 존재.

마족 중의 마족. 공식적으로 나타난 대공은 '아리엘 디아블로'뿐이 없었다. 그녀는 스스로의 이름을 밝히고 대대적인 침공을 해왔기 때문에 각국의 지도자층이라면 아리엘 디아블로란 이름을 모두 알고 있을 것이다.

그녀의 힘은 놀랍기 이를 데 없었다. 인간은 누구도 아리엘 디아블로의 앞을 막아설 수 없었다. 그 오만한 '템플 기사단'조차 대적하길 아예 포기했다고 전해 들었다. 과거로부터 그 유명세를 떨쳤던 비공식 각성자 최강 조직들…… 프리메이슨, 알루미나티 등도 두 손을 들었다고.

칼스 중장은 자신이 키운 대원들의 힘이 그들에 못지않다고 자신했다. 하지만, 그래도 대공은 아직 시기상조다.

남작급의 마족과 던전이라면 충분히 공을 들여 공략을 해볼 법하겠지만 대공은 아예 논외였다.

힘이, 그들을 대적할 힘이 부족한 탓이다!

"절망과 희망? 판도라의 상자라도 주겠다는 말이냐?"

하지만 숨긴다. 야생에서 야수를 만나도 등은 보이지 않는 법이었다. 눈을 부릅뜨고 마주해야 실낱같은 가능성이라도 생긴다.

하나…… 상대가 좋지 않다. 남자의 눈은 뱀과 같았다. 몸을 조이고 모든 걸 샅샅이 꿰뚫어 보는 것만 같았다.

"너희는 이길 수 없다."

한마디. 그게 무슨 뜻인지 칼스 중장은 단박에 알아차렸다. 너희, 말하자면 인간 전체를 의미하는 것이다. 인간은 마족을 이길 수 없다는 것이었다.

남자의 어조에는 확신이 가득하다. 절대적인 진리라도 되는 양.

칼스 중장은 대답하지 못했다. 대공의 존재감 때문인지, 아니면 그 자신감 때문인지, 그것도 아니면 은연중 자신도 그렇게 생각하고 있었던 것인지 모르겠지만…….

"기회를 주지."

"……기회?"

"그리니치 천문대에 모든 마족이 모인다. 나를 비롯한 나머지 세 대공, 그들이 이끄는 부하들, 강력한 마수들. 너희 인류가 승리할 길은 오직 그 기회를 살리는 것뿐이다."

"……!"

칼스 중장과 기타 사람들이 눈을 부릅떴다.

한곳에 모인다면 일망타진도 가능하다. 마족이 까다로운 이유는 마수를 부리며 널리 포진해 있기 때문이다. 한곳에만 모여 있을 경우 현대 무기의 정수로 처리하는 것도 충분히 해볼 법한 이야기다. 상위 레벨인 상급의 마수들도 핵으로 잡은 경우가 꽤 있지 않았는가!

"우리에게 이런 정보를 주는 이유가 무엇이냐? 반대로 마족들이 함정을 파는 것일 수도 있다."

피식!

남자가 대놓고 비웃음을 흘렸다.

"너희 인간들이 여태껏 목숨을 부지하고 있는 건 오로지 하나의 이유 덕이다. 경쟁! 마족들이 서로를 견제하지 않았다면 인간들은 진즉 멸절했을 터."

과연 그럴까?

가능성이 없다곤 못 한다.

마족들의 대대적인 공세가 시작된 이후 인간들은 제대로 반격 한 번 할 수 없었다. 중요 거점들을 순식간에 빼앗기자 현대 과학이 무용지물이 된 탓이다. 수천, 수만 대의 전투기도 보급을 받지 못하면 몇 시간 날고 마는 고철덩이에 지나지 않는다.

그 뒤에 있을 건 무자비한 학살밖에 없다.

칼스 중장은 아니라고, 웃기지 말라고 말하고 싶었다.

하지만 남자의 눈을 본 순간 머릿속이 하얘졌다.

"잘 생각해 보라."

남자는 그 말만을 남기고서 바람처럼 사라졌다.

그러나 남자가 사라진 자리에는 대량의 무언가가 우수수 쏟아져 있었다.

빛을 내는 돌멩이.

코어다.

오로지 던전에서 마수를 사냥해야만 얻을 수 있기에 상급의 코어는 0.001% 비율도 되지 않는다.

한데 지금 보이는 코어는 모두가 상급, 최상급에 달했다. 이 정도 양이라면 강력한 마법이 깃든 무기를 수없이 만들어낼 수 있다. 유니크 등급의 무기도 몇 점 뽑아낼 테다. 운이 좋으면 몇 없다는 에픽 등급의 무구도 탐내볼 수 있을 듯했다.

"도무지 의도를 모르겠군."

칼스 중장이 한숨을 내쉬며 인상을 찌푸렸다.

놈이 건넨 건 사과다.

그런데 독이 든 사과인지 진짜 사과인지 반신반의하다.

마족의 농간이겠지만 진실이라면 이것은 다시없을 큰 기회였다.

'어찌하시겠습니까?'

칼스 중장과 모든 이의 시선이 한데 모였다.

담담한 눈빛을 한 채 창가 쪽을 바라보는 여자.

영국의 지주, 희망…… 메리 여왕의 눈은 아직 죽지 않았다.

그래서 칼스 중장은 일말의 기대를 하고 있었다.

어차피 모든 결정 권한은 그녀에게 있으므로.

이 일이 비상이 아니면 어느 일을 비상이라 할 수 있을까?

그야말로 초비상!

각국의 정상이 모였다. 불과 며칠 만에 이루어진 일이었다. 복잡한 절차를 거치고 오랜 공과 시간을 들여야 가능한 일이나 사안이 사안이었다.

특히 이번 모임에 함께하겠다고 한 인물들, 여태껏 공식 석상에 모습을 드러낸 적이 없었던 강력한 집단들이 참석 여부를 밝히자 감히 참가하지 않을 수가 없게 되었다.

빌더버그 클럽, 삼각위원회, 삼합회와 마피아.

그리고 템플 기사단, 프리메이슨, 알루미니티가 처음으로 성명을 가졌다. 그들은 자신의 존재와 집단을 천명하며 이목을 모았다. 철저한 비밀로 가려진 조직이 바로 이 세 곳이었고 보이지 않는 곳에서 모든 힘을 행사하던 자가 이들이었다.

이전에도 없었고 앞으로도 있지 않을 일…….

그리니치 천문대의 일과 엮이며 각국의 최정상들이 내달리듯 영국으로 향한 것이다.

회의는 엄중하게 진행되었다. 기다란 원탁을 두고 메리 여왕을 필두로 칼스 중장이 그 곁에 함께했으며 주요 인원들이 각자 자리에 앉았다.

"원탁의 기사 흉내라도 낼 셈인가?"

마피아의 대부 돈 골레놈이 피식 웃었다. 그의 자리는 메리 여왕과 매우 떨어진 장소였고 그의 주변으로 삼합회의 인원들이 앉아 있었다.

반대로 템플 기사단, 프리메이슨, 알루미니티는 메리 여왕의 지적에 앉는 영광 아닌 영광을 누렸다. 돈 골레놈의 입장에선 아니꼬운 일일 수밖에 없었다.

한마디로 질이 안 좋은 무리들만 따로 떨쳐 낸 셈.

세계가 이 지경이 되고도 과거의 허물에만 집착을 하다니……

돈 골레놈은 메리 여왕의 어리석음에 조소를 보냈다.

"웬일로 무거운 엉덩이를 들었군."

삼합회의 두목 리 차오슝이다. 그가 고개조차 돌리지 않은 채 돈 골레놈에게 말을 걸었다. 아니, 아닐 수도 있지만 그게 자신에게 하는 말인 것 같다고 돈 골레놈은 생각했다. 자신을 제외하고 주변에 격이 맞는 놈이 없기 때문이다.

"값진 냄새가 났거든. 물질로는 살 수 없는 것을 얻을 수 있을 것 같아서."

돈 골레놈이 금으로 전부 때운 이빨을 드러내며 웃었다. 그렇다. 물질 만능주의, 자본사회는 이미 죽었고 금력으로 세계를 좌지우지하던 이들의 힘도 약해졌다.

이제는 무력이 최고가 된 세상.

그리고 이번 모임에서 세계의 판도를 바꿀 어떠한 일이 일어나리라고 돈 골레놈은 확신했다. 일단 참가한 인원부터가 대단하다. 대략 100명 정도이나 그들 하나하나의 영향력은 이루 말할 수가 없다.

"속물이군. 난 '그놈'이 신경이 쓰여서 찾아왔다."

"그 마족의 대공이라는 작자 말인가?"

리 차오슝이 고개를 끄덕였다.

이번 회의의 중점이 된 주제는 대공의 출현과 그리니치 천문대에서 일어날 일이다.

리 차오슝이 혼잣말을 하듯 말을 이었다.

"던전이 나타나고 얼마 되지 않았을 때였다. 내 동생 라이펑과 타국의 용병들이 합심하여 유일하게 보물이 나오는 한국의 던전을 공략했지. 모두 전멸했다. 아니, 전멸한 줄 알았다."

"생존자라도 있었나?"

"한 명……. 미국의 용병 중 한 명이 살아남았더군. 전신은 걸레짝이 되고 정신도 정상적이진 않았지만. 솜씨가 제법 괜찮아서 의수를 달아주고 내 호위로 사용했다."

"아아, 저 뒤의 무식하게 생긴 놈."

돈 골레놈이 눈을 돌렸다. 다리와 팔에 강철 의수를 착용한 남자가 리 차오슝 뒤에 의연히 서 있었다.

닭벼슬 머리는 제법 눈에 띄었고 한 명의 호위만을 대동할 수 있는 이곳에 들어왔다는 건 대단한 실력자라는 방증. 하나 침을 질질 흘리는 것이 영 정상으로 보이진 않았다.

"초대장에 그려진 얼굴에 반응하더군."

메리 여왕이 보낸 초대장엔 몽타주 하나가 그려져 있었다. 불타오르는 남자의 형상. 기억이 정확하지는 않은 듯 흐릿했지만 분명히 어떠한 남자의 모습이 박혀 있던 것이다.

"그럼……."

"그 대공이라는 자, 한국의 던전을 주무르고 있을 가능성이 높다."

"북한(North Korea)?"

"남한(South Korea)."

돈 골레놈이 턱을 쓸었다.

"한국, 한국이라……."

대공의 던전이 어디인지 특정해 냈다. 대단한 정보다. 어쩌면 이번 회의에서 쓸 만한 무기가 될 수도 있을 터.

리 차오슝이 자신에게 이런 패를 건넨 건 뻔하다. 힘을 합치자는 거다. 세계 정상들이 모인 장소이니 적과 아군을 구분하는 일은 필수적이다.

돈 골레놈이 리 차오슝의 어깨를 작게 두드렸다. 이로써 암묵적인 동맹이 성사되었다.

곧이어 모든 이가 자리에 앉았고 메리 여왕이 작게 헛기침을 했다.

"모여주신 여러분, 먼 길 오느라 고생하셨습니다."

메리 여왕은 온화한 미소를 지었다. 돈 골레놈은 그 미소가 참으로 가식적이라고 생각했다. 메리 여왕이 영국에서 절대적인 지지력을 가지고 있다는 건 알지만 왠지 모르게 껄끄러운 이였다.

"이번 회의는 인류의 명운을 결정하는 자리가 될 것입니다. 세계에 자리 잡은 암 덩이들을 일거에 제거할 수 있는 절호의 기회이기 때문이지요."

그리니치 천문대. 그곳에서 무언가 큰일이 벌어진다. 초대장에는 이 정도만 적혀 있었다.

"암 덩어리라 함은 마수들을 말함이요?"

미국의 대통령이 운을 뗐다. 그러자 메리 여왕은 고개를 저었다.

"마수들을 부리는 자들. 알고 있지 않습니까? 마족의 존재를요."

"그렇다면······."

"마족들이 모입니다."

"······!"

대부분의 이가 눈을 동그랗게 떴다.

이미 알고 있었는지 템플 기사단을 비롯한 신비의 세 집단은 전혀 동요하지 않았지만 말이다.

'인간이긴 한 건가?'

돈 골레놈이 혀를 찼다.

세 집단의 이들은 여태껏 한 치의 표정 변화가 없었다. 그야말로 무미한 인간들. 로봇이라고 불러도 동의할 것 같았다.

때마침 러시아의 대통령이 입을 열었다.

"그 정보를 어디서 나셨소?"

"……지금부터 하는 이야기는 모두 극비에 붙여주길 바랍니다. 우리에겐 시간이 없습니다."

메리 여왕이 한 차례 경고했다. 모두 고개를 끄덕이자 다시금 입을 열었다.

"초대장에 그려진 남자가 직접 말하더군요. 자신은 마족의 대공이라고."

"고작 그 정도 말에 확신을 가졌단 말이오?"

"그 불길한 힘, 대공이나 그에 준하는 이일 것은 확실합니다. 칼스 중장조차 보는 순간 대적을 포기했지요."

"칼스 중장…… 그가?"

칼스 중장은 세계적으로 유명한 각성자였다. 그런 그가 일거에 포기를 했다니 확실히 범상치는 않았다.

메리 여왕이 그때를 상기하곤 눈썹을 찌푸렸다.

"무엇보다 템플 기사단의 단원분들께서 직접 확인을 해주셨지요."

동시에 템플 기사단의 단장이 입을 열었다.

"나는 장소에 적힌 과거를 읽을 수 있다. 내가 읽지 못하는 과거라면 기상천외의 존재가 자리했을 때뿐. 그리고 나는 버킹엄 궁전에서의 과거를 읽을 수 없었다."

템플 기사단의 단장은 얇은 은빛의 갑옷과 검을 착용한 묘한 남자였다. 젊은 것 같으면서도 늘어 보이는 얼굴. 도무지 나이를 짐작할 수가 없었다.

"그런 스킬도 존재한단 말이오? 아니, 읽지 못한다 해서 그가 대공이라 어찌 확신하오?"

오스트레일리아의 원수다. 비교적 마수들의 침략에서 자유로워 힘을 키운 나라. 하나 그게 무색하게 템플 기사단의 단장은 무심히 그의 눈을 쳐다봤다.

"'장소'라 말했지만 그 안에는 인간도 포함되지. 나는 이 장소의 모든 과거를 읽을 수 있고, 어제 네놈이 비행기 안에서 벌인 추잡한 짓거리까지 모두 알 수 있다. 아앙과 라이네리라…… 잘 즐겼는지 모르겠군."

"……."

침묵했다. 불편한 표정을 지어 보일 따름이었다.

비행기 안에 무언가가 설치되어 있으리라곤 상상할 수 없기 때문이다. 최첨단 감지기와 유니크 등급의 마력 탐지기로 수색을 했으니 말이다.

"우리 템플 기사단은 마족들의 행방을 좇고 있었다. 그중 가장 심도 있게 뒤를 좇은 건 대공들……! 다른 마족들은 읽을 수 있었으나 유일하게 그들만큼은 읽지 못했다. 그만큼 위험한 존재라는 의미."

"동의한다."

"동의한다."

프리메이슨의 수장과 알루미나티의 수장이 고개를 주억였다.

마치 다른 대공들을 보기라도 한 듯이……

대공들 중 알려진 이는 아리엘 디아블로를 제외하면 없었건만!

메리 여왕이 조용히 말했다.

"그리고 한 가지 단서가 더 있었지요. 랜달프라는 이름입니다. 저는, 저희는 우연찮게 그 이름을 한국에서 접할 수 있었습니다."

돈 골레놈은 침을 꿀꺽 삼켰다.

제법 쓸 만한 무기가 될 줄 알았는데 상대도 이미 다 알고 있었다니?

"그리고 한국 천명회의 총책임자, 김용우 길드 마스터도 이 자리에 함께 해주셨습니다."

"천명회. 들어본 적 있지."

모두 한 번쯤은 들어본 이름이었다. 다른 길드보다 더 대단한 업적을 다수 남긴 탓이다. 하지만 한국은 다수의 마족과 마수들에 의하여 파멸의 길을 걸었다.

김용우는 메리 여왕의 뒤에 있었다.

마음에 들지 않는다는 표정으로 짧게 고개만 숙여 보일 따름이었다.

"랜달프 브뤼시엘이라고 했나요?"

메리 여왕이 묻자 김용우가 대뜸 얼굴을 구겼다.

"그 이름, 함부로 입에 담지 마시오. 그분은 우리의 구세주. 한국을 구한 영웅이오. 감히 마족 같은 것과 비교하다니……."

"그의 활약은 일반 각성자와 비교하면 놀랍지 않았나요? 그대의 길드원 중 몇몇에게 들은 사실이지만 같은 인간인가 의심스러울 지경이더군요."

"당연하지! 영웅이 평범한 인간과 같을 수가! 각성자들도 각자의 강함이 다르듯, 그는 인간의 레벨이 달랐을 뿐이오. 지금 이 자리에 있는 게 심히 불편하지만 그분의 누명을 풀기 위해서 이 자리에 내가 왔음을 메리 여왕께서는 부디 잊지 말아주길 바라오."

무례하다면 무례할 수 있는 발언이지만 메리 여왕은 웃음을 잃지 않았다.

김용우의 믿음은 대단했다. 그의 눈을 보면 맹목적인 믿음이 있었다. 다른 이들은 모르는 대단한 비밀을 간직한 그런 눈이었다.

돈 골레놈도 솔직히 이해가 되지 않았다.

동명이인일 수도 있다. 그럴 가능성이 오히려 높다. 그런데도 추궁을 하는 건 왜일까? 메리 여왕은 어떤 확신을 가지고 있는 것인가.

그리고 그 확신이 맞는다면 랜달프 브뤼시엘이라는 작자는 대체 무슨 인물일지 심히 궁금하기 그지없었고 마족의 대공이 왜 구세주, 영웅이라 불리는지도 아이러니였다.

저 믿음은 척 보아도 심상치 않아 보였다.

천명회.

한때 최고의 길드라고 은연중 칭송받던 곳.

그곳의 길드 마스터에게 이런 믿음을 심어줄 수 있는 자가 세상에 몇이나 있을까?

만약, 만약 모든 퍼즐이 단 하나의 그림을 의미한다면…….

돈 골레놈은 전신의 피부에서 닭살이 올라옴을 느꼈다.

'그야말로 최고의 사기꾼이잖아!'

김용우의 인상은 펴질 줄을 몰랐다.

랜달프 브뤼시엘.

자신의 주인이며, 영웅이며, 어쩌면 구세주일지도 모른다고 생각하는 사람. 아니, 아주 높은 확률로 구세주라 불리던 남자는 랜달프 브뤼시엘이 맞을 것이다.

적어도 김용우는 그렇게 생각하고 있었다. 무언가 사정이 있어서 얼굴을 가리고 있는 것이다. 그리고 그가 행한 업적에 얼굴이 드러나고 말고는 그다지 상관없었다.

한데, 그 위대한 업적에 똥칠을 하려는 작자들이 나타났다. 누명을 씌우고 마녀 사냥을 하려 한다. 김용우로선 가만히 있을 수 없었다.

'설령…….'

만에 하나 그가 진짜 마족이라 해도 김용우는 사실 상관이 없었다. 그가 아니었다면 한국은 진즉 끝장이 났을 터다. 천명회의 우두머리 자리를 지키지도 못했을 것이며 일찍이 땅에 묻혀 백골이 되어 있어도 이상하지 않았을 것이었다.

가진 권한에 비해 자신의 힘이 부족했으므로. 그 권한을 노리고 달려드는 하이에나들이 사방 천지에 깔려 있었던 탓이다.

하나, 천명회는 김용우의 모든 것이다. 각성자가 되고 천명회를 만듦으로써 김용우의 삶이 달라지기 시작했다. 제대로 공부조차 못하고 특기마저 하나 없었던 자신이 대한민국 최고의 길드를 가진 남자가 되었으니 이런 인생 역전도 더없다.

그리고 그 역전을 행하는 데 크나큰 도움을 준 게 랜달프 브뤼시엘이다. 어찌 그 이름이 먹칠을 당하는데 가만히 있을 수 있겠는가.

아주 먼 과거라면 몰라도 지금의 김용우는 신의가 무엇인지, 믿음이 무엇인지 누구보다 잘 알고 있었다. 그 두 가지를 가진 자만이 혼란한 현세에서 살아갈 수 있기 때문이다.

"설령 그분이 진짜로 나타났다고 한들, 그것은 우리 인류에게 경고하기 위함이지 위협이 절대 아니오."

"그럼 그가 마족이었음을 시인하는 것인가?"

템플 기사단의 단장이 기계와 같은 차가운 눈을 하고서 김용우를 바라봤다. 확실히 소름 끼치는 눈이지만 고작 저딴 걸로 자신에게 위협을 가할 순 없었다.

"아니! 마족이 무엇 때문에 인간을 도우려 하겠소? 랜달프 브뤼시엘이라는 이름은…… 한국에선 말 그대로 영웅을 뜻하는 바! 하지만 굳이 대공이라 밝힌 건 경각심을 심어주기 위해서이겠지. 그분의 행동은 다소 이해가 되지 않을 때가 많으나 결과를 보면 고개가 끄덕여지곤 했으니, 함부로 그 행동을 판단해선 안 될 것이오!"

"인간이 내 스킬을 피해갈 순 없다. 그리고…… 너에게서 보이는 과거의 편린 중에 보이지 않는 장면이 매우 많다."

과거를 읽히고 있다는 말에도 김용우는 코웃음만 쳤다.

"그는 처음부터 완성된 존재였소. 마치 하늘이 이 시련을 해결하라고 보내준 사람 같았지. 누구보다 강했으며 그럼에도 앞에 나서지 않았소. 무언가의 준비를 하는 것만 같은…… 미래를 알고 있는 것 같은 그런 느낌마저 들었으니.

그리고 그 준비에 맞게 하나하나 커다란 일들이 터지기 시작했소."

"미래를 안다?"

"바로 그렇소. 미래를 아는 자! 과거를 읽는다 했소? 읽힐 리가 없지. 그는 과거에 없었던 존재, 미래를 대비하기 위해 하늘이 보낸 신의 사자이니까!"

이제는 되는 대로 지껄이고 있었다.

하지만 김용우의 속마음을 100% 투영한 말이었다. 예전부터 김용우는 랜달프 브뤼시엘이라는 이름의 남자를 그렇게 생각하고 있었다. 그래서 무작정 따른 것이다. 그는 틀린 적은 없었고, 자주 사라지긴 했으나 필요한 순간에는 반드시, 시기를 알고 있다는 듯이 나타났다.

한 번은 뒷조사를 해본 적도 있다. 그런데 티끌만큼도 나온 게 없었다. 천문학적인 액수를 들였으니 신뢰도는 완벽하다. 그런 이는 땅에서 솟은 존재 외엔 없다. 마족, 마수란 생각을 아예 안 해본 건 아니지만, 그것도 과거의 일이다. 지금은 그런 생각을 일절 하지 않고 있었다.

"인간이 아니라면 마족이라는 쪽이 더 수긍이 되는군."

템플 기사단의 단장이 단정을 짓자 김용우는 혀를 찼다.

"마족이 인간을 돕는 걸 봤소? 아니, 그대들은 대체 마족의 무엇을 알고 있소? 우리 한국은 여러 마족에게 유린당했소. 그들은 어느 날 마수들을 끌고 공격을 감행했지. 사람을 철창 안에 가둬두고 양식처럼 이용했소. 어쩔 때는 장난감처럼 신체를 짓이기고 실험을 했지. 지켜볼 수밖에 없던 그 굴욕의 날들……. 이곳에 있는 누구보다, 세계 어느 사람보다 한국의 전사들이 마족을 더 잘 알 것이오. 마족에게 있어서 인간이란 조롱을 위한 존재일 뿐이오."

그 사실을 김용우는 매우 잘 알고 있었다. 최강의 길드를 가진 수장답게 마족들을 가장 근접해서 경험한 이가 바로 김용우였다.

랜달프 브뤼시엘이 마족이 아니라고 확신하는 건 경험 덕이다.

마족이라면 절대로, 절대로 인간을 도울 리가 없었다.

그리고 그의 확신에 찬 어투는 다른 사람들에게도 어느 정도의 납득을 주었다.

템플 기사단의 단장은 섣불리 대답하지 못했다. 메리 여왕도 흥미롭게 지켜만 보는 중이었다. 하여 김용우가 쐐기를 박았다.

"그분이 하신 경고라면 반드시 행해야 하오. 우리 천명회 길드는 이번 일에 적극적으로 참여하겠소."

특공대가 조직되었다.

각국의 정상들, 주요 집단들이 최강의 멤버로 구성된 각성자들을 영국에 보내온 것이다.

더불어서 미국은 비밀리에 제조 중이던 '코발트탄'을 이번 일에 동원했다. 핵폭탄에 코발트 물질을 씌워 방사선 유출을 극대화시킨 무기로써 그 위험성 때문에 금지된 무기 중 하나였다. 개발되고 있다는 보고도 없고 인류에 너무 치명적이라 누구도 코발트탄을 개발할 엄두를 내지 못했지만 미국이 비밀리에 해낸 것이다.

물론 코발트탄은 최후의 보루로 사용될 예정이었다. 인류의 명운이 걸린 일이니만큼 이번에 투입될 과학의 정수와 각성자들은 각각 규모가 상상을 초월했다.

"인류가 자폭하는 건 아닌지 모르겠군."

작전의 일부를 알고 있는 김용우가 한숨을 내쉬었다.

이번 작전에 천명회의 간부급 인원 20명을 투입했지만 뒤늦은 후회가 찾아온 것이다.

"길마, 쫀 거 아니죠?"

유은혜가 장난스럽게 말을 걸었다.

"쫄긴 누가, 뭐에?"

"주변에 모인 각성자들 말이에요. 다 한가락 하잖아요."

김용우가 어깨를 으쓱했다.

"그래 봐야 너보다 강한 사람은 별로 없을걸. 위험하면 너랑 에드워드가 지켜줄 텐데 내가 왜 쪼냐?"

유은혜가 피식 웃었다.

그의 말대로였다. 지하의 너른 공간. 천이 넘는 각성자가 모여 있었고, 그들은 각국이나 길드에서 최강이란 소리를 한 번쯤은 들어봤을 법한 강자였다.

하지만 유은혜나 에드워드도 그에 못지않았다. 아니…… 한두 단계는 더 강했다. 한국의 다른 각성자도 모두 레벨이 높았다. 김용우가 쫄 이유는 하나도 없었다.

"하여간 능청스럽긴."

"닥치고. 3일 뒤에 시작한다니까 서로 안면이나 터놔. 병아리 눈물만큼이라도 그놈의 전우애인지 뭔지를 키워놓으라고. 혹시 아냐, 너 죽기 전에 몸 던져 살려줄지."

"그런 건 길마가 해야 하는 거 아니에요?"

"누구랑 다르게 바빠서."

김용우는 두꺼운 수첩을 휘두르며 유은혜의 뺨을 약하게 때렸다. 작전 지휘자로서 활동할 예정이었기에 숙지해야 할 내용이 너무나도 많았다. 이걸 다 외우려면 3일이 아니라 3주라도 부족할 것이었다.

유은혜가 입술을 쭉 내밀었다.

"에드워드, 이 아저씨 재미없네. 누나랑 놀래?"

에드워드 원저.

아직 소년 태를 못 벗었지만 눈빛만은 무거운 청년이 유은혜의 뒤에 서 있었다.

"저야 좋죠. 뭐 하고 놀까요?"

"글쎄…… 도장깨기라고 아니?"

그 소리를 듣고 김용우가 버럭 소리를 내질렀다.

"야! 너 또 무슨 사고를 치려고?"

"전우애보다 더 중요한 게 뭔지 알아요, 길마? 서열이에요, 서열. 서열 정리를 제대로 안 해놓으면 위급할 때 똥개가 주인을 문다구요~"

"하……."

김용우가 고개를 절레절레 흔들었다. 맞는 말이지만 지금처럼 급박한 시기에 사고를 치면 그 뒷감당을 하는 건 자신이었다.

얼마 전에도 '구세주의 아이'들에게 실례되는 일을 저지르지 않았던가.

김용우가 직접 나서서 유은혜에게 징계 아닌 징계를 먹여 넘어갔지만 두 번 뒤처리를 하는 건 사양이었다.

"어차피 제가 안 움직여도 다른 성군 후보들이 움직일걸요? 기린님께서도 이번 작전을 '성군의 결전'으로서 임하라고 했잖아요? 성과에 따라서 성군이 정해질 것이다. 시기도 마침 비슷하고 잘됐죠, 뭐."

성군의 결전은 후보 일곱이 서로 치열하게 싸워 그 자리를 정하는 일이었다. 하지만 시기가 미묘하게 맞물리며 불가능하게 되었다. 대신 이번 작전의 성과를 두고 서로 겨루며 '성군'을 정하자고 기린이 생각을 낸 것이다.

일곱의 후보자 모두가 동의했다.

유은혜가 거기까지 생각했다면 더 말릴 수 없었다. 유독 그녀는 '성군'에 집착했고 강해지길 원했으니……

그래서 말했다.

"조용하고 깔끔하게. 그리고 확실하게. 무슨 뜻인지 알지, 말괄량이?"

"최고가 되어서 돌아옵죠. 그때는 길마가 저를 대장으로 부르셔야 할걸요."

"그래, 네가 짱 먹어라."

유은혜가 입을 가리고 웃으며 자리를 떠났다.

Dungeon Hunter

그 시각, 나는 중국의 던전 근처에 있었다.

수풀이 우거진 산에서 맞은편 던전을 바라보며 입을 열었다.

"타쉬말, 하쉬는 어디에 있지?"

타쉬말이 복잡한 표정으로 한 발자국 뒤에서 답했다.

"지금 시기에 이러는 건 좋지 않다. 다른 천사들에게 인정받고 이제 막 자리를 잡아가고 있단 말이다."

현재 지구에 존재하는 모든 천사 중 하쉬가 제일 계급이 높았다. 천사는 철저한 계급 아래 움직였고 당연히 하쉬는 최고의 우대를 받을 수밖에 없었다.

걸리는 건 나이뿐인데, 다행히 신성지대 안으로 잠입하여 천사들을 잘 속여 넘기고 있는 모양이었다.

무척이나 중요할 시기.

그러나 나는 단호히 고개를 저었다.

"이번 일은 모든 것의 진정한 시작이 될 터. 천사들을 이 무대에 빠뜨릴 수는 없지. 타쉬말, 당장 하쉬를 내 앞으로 데려오라."

"……알겠다."

타쉬말이 움직였다.

신성지대. 살짝 떨어진 곳에 있는 나조차 피부가 따끔거릴 정도였다. 어지간한 마족이나 마수는 감히 발을 들이지도 못할 것이었다.

하나 타쉬말은 타락한 천사였고 신성력에 상당 수준 내성을 가지고 있었다.

이어 그녀가 움직이며 시야에서 사라졌다.

'내가 가진 모든 패를 이용한다. 대공들과 그 수족들도 상당한 패를 가져올 테지만…… 과연 누구의 패가 가장 강할지 기대되는군.'

팔짱을 낀 채 차갑게 웃었다.

Chapter 66

모이는 자들

Dungeon Hunter

모든 대공이 모인다.

그리니치 천문대에서 만나기로 했지만 있는 그대로 놔두는 것도 그들에 대한 실례다. 최소한 왕들이 만나는 자리답게 꾸며놓을 필요가 있었다. 이는 초대장을 보낸 내 위상을 보여주기도 하는 작업이었기에 대수롭지 않게 넘길 수는 없었다.

드워프와 드워프 킹을 모두 불렀다. 물론 이런 자리에 오스웬이 빠질 리는 없었다.

그리니치 천문대에 도착한 오스웬이 가장 먼저 투덜거렸다.

"황제 폐하, 제게 주어진 일이 무척 많습니다."

"안다."

"특히 다크 엘프 하이어의 저주를 푸는 건 황제 폐하께서 제게 명하신 가장 중요한 작업이 아니었습니까? 그 강력한 저주를 반감시킬 무구를 만드는 것만 해도 상당한 시간이……."

"안다."

"마침 쓸 만한 발상이 떠올라서 실험 중이었단 말입니다. 고작 이런 성 하나 만드는 일에 저의 실력이 필요할 거라고는……."

"오스웬."

"흠흠, 말이 조금 헛나갔습니다. 아주 중요한 일이지요."

오스웬에게서 다소 무리하는 기색이 흘러나왔다. 아무래도 다크 엘프 하이어의 저주를 푸는 일이 생각처럼 잘되지 않는 모양이다.

크리슬리의 친모이자 진마룡 아오진의 연인. 상태로 보건대 아주 강력한 존재에게 죽임을 당하고 저주에 먹혔다. 천하의 오스웬이라도 쉽지 않을 일. 이해는 하지만 과열된 머리를 조금은 식힐 줄도 알아야 했다.

대장장이의 그 심오한 영역을 내가 알 리는 없지만 만류귀종이라 했던가? 전생에서 얼핏 들은 단어에 불과하지만 모든 흐름은 하나로 통한다던 그 뜻에는 제법 공감이 되었다. 나 역시도 일이 잘 안 풀릴 때 휴식을 갖고 더욱 높은 도약을 한 바가 있었다.

"이틀 안에 완성하라."

"이틀이면 조금 빠듯하군요. 드워프가 200명은 필요합니다."

태세를 바꾸고 성을 만드는 데 임하기로 했는지 오스웬이 눈을 빛냈다. 일이 다소 안 풀린다 하더라도 무언가를 만드는 것 자체는 좋아하는 게 분명했다.

나는 작게 고개를 주억였다.

"400가량이 있으니 알아서 배치하고 활용하면 될 것이다."

"그럼, 좀 호화롭게 꾸미는 것도 가능하겠군요."

"일주일 전, 내가 부탁한 건 완성했나?"

"아아, 그것 말입니까. 진즉 완성했습니다. 정확히 200개."

턱을 쓸었다. 보다시피 오스웬에게 맡긴 일이 많다. 이는 오스웬을 제외하면 가능한 이가 없기 때문이다. 그만큼 나는 오스웬의 능력을 높이 사고 있었다.

실제로 '쓸모 있음'을 논하자면 오스웬은 당당히 두 손가락 안에 들어갈 것이었다. 능청스럽고 능글맞을 때도 있지만 나는 철저한 능력주의자였다. 내게 반하는 것이 아니라면 그가 하는 일에 별달리 신경을 쓰지 않았다.

어쨌든 다크 엘프 하이어의 저주를 푸느라 바쁜 오스웬에게 나는 한 가지 일을 제시했다. 다행히 바쁜 와중에도 내가 시킨 일은 모두 완수한 모양이었다.

"절반은 성 내에 설치하라."

"최대한 눈에 띄지 않게 하면 되겠습니까?"

"잘 알고 있군."

"필요한 것들은 요정님에게 따로 말하겠습니다."

"그러도록."

"그럼……."

허락한 즉시 오스웬이 고개를 조아리곤 자리를 떠났다.

시킨 일이 한두 가지가 아니지만 따로 대체할 자가 없으니 어쩔 수 없었다. 자신의 능력이 뛰어남을 탓할 수밖에.

그렇다고 오스웬은 자신이 맡은 일을 대충 처리하지도 않는다. 시작한 이상 최선을 다하고 최상의 결과물을 만들어낸다. 어찌 기용하지 않을 수 있겠는가.

'이 마력은?'

때마침 불현듯 느껴지는, 바람을 타고 흘러온 마력의 향에 나는 시선을 돌렸다. 내가 눈치채고 얼마 안 있어서 같은 마력의 향을 풍기는 존재가 내 옆에 떨어졌다.

"꽤 괜찮은 장소 아닌가."

익숙한 얼굴이다.

전생에서 최후의 승리를 거머쥔 대공.

나도 그녀의 검에 일격을 당하고 죽은 기억이 있었다.

"아리엘 디아블로, 약속 시간은 아직 멀었다."

"약속 시간보다 먼저 나오는 것이 진정한 예의이지."

"그런 소리는 처음 듣는군."

마족이다. 약속 시간을 정하면 그것보다 늦게 나오는 게 당연하다. 예의라 할 것도 없고, 그냥 당연한 일이었다. 나도 대공들이 모두 약속의 때에 맞춰서 나타나리란 생각은 전혀 하지 않고 있었다.

물론 아리엘 디아블로는 굉장히 특수한 존재이긴 했다. 마족인 주제에 다른 마족들이 갖지 않고 있는 걸 가지고 있었다. 부정할 생각은 없었다.

'귀찮게 됐군.'

하나 방금 전 오스웰에게 시킨 일이 걸린다. 미리 준비한 물건을 곳곳에 설치하는 작업. 아리엘 디아블로가 눈치채게 되면 일이 꼬일 가능성이 높았다.

그러거나 말거나 아리엘 디아블로는 당당히 가슴을 펴며 말했다.

"곧 내 군세들이 도착할 것이다. 그 시간 동안은 느긋하게 이곳을 구경하고 싶구나."

딱히 적대적인 느낌은 없었다. 그녀는 내게 나름 호의적이었고 궁금증도 많았다. 가장 먼저 이곳을 찾아온 것도 나를 의식해서일 가능성을 배제할 순 없었다.

하나 나는 해야 할 일이 많았다. 그것을 일일이 아리엘 디 아블로에게 보여주고픈 마음은 전무하였다.

'돌려보내긴 힘들겠어.'

언제까지 오라고만 했지, 미리 오면 안 된다는 말을 초대장에 써 넣진 않았다. 명분이 없다는 뜻. 어깨를 으쓱하며 말했다.

"손님으로서 얌전히 있겠다면."

"하하, 우파라면 그럴 수도 있겠지만 나는 놈처럼 야만적이지 않노라."

둘은 전쟁 중이었다. 서로의 험담을 하는 것도 당연한 일. 막시움을 이용해 둘의 전쟁을 방해하고 있는 입장이었지만 애써 모른 척하며 입을 열었다.

"길을 안내할 안내자를 붙여주지."

"다른 놈들은 격에 맞지 않아. 함께 걸으며 느긋하게 대화라도 해보지 않겠느냐?"

"이히!"

작고 우렁차게 이름을 내뱉자, 수욱! 소리와 함께 허공을 가르며 이히가 나타났다.

"이히히히. 마스터, 이히를 부르셨나요?"

"길 안내를 해주도록."

"누굴……! 앗! 마족!"

이히가 이내 눈을 치켜뜨며 황급히 검과 투구, 방패를 소환했다. 요정 기사의 증표이며 이히의 격을 증명하는 무구들이다. 그 모습에 아리엘 디아블로도 다소 흥미로운 눈초리를 보냈다.

"신기한 요정이로군."

"마스터한테 떨어져! 이 나쁜 마족!"

전투태세를 갖춘 이히가 보석 검을 들고 돌진했다.

평범한 요정이라면 마족에게 공격을 가하는 건 불가능하지만 이히라면 상당한 물리력도 갖추고 있었다. 하지만 아리엘은 마치 파리라도 쳐 내듯 손을 털었다.

툭!

"히잉……."

바닥에 떨어진 이히가 이마를 문질렀다. 이히는 던전 코어에 귀속되어 있어서 이런 타격을 받은들 사라지지 않는다.

"흠…… 요정의 격을 올리는 방법도 있던가? 상당히 흥미롭구나."

눈 가득 호기심이 들어찼다. 어느덧 나는 뒷전이 된 듯싶었다.

"이히, 그녀는 아리엘 디아블로 대공이다. 당장 적은 아니니 적당히 길을 안내해라."

'당장 적은 아니다'라는 말을 강조했다.

사실 언제 적이 돼도 이상하지 않았다.

'외곽을 중점으로 돌아라. 내부는 최대한 피해야 한다.'

그리고 심상으로 이히에게 뒷말을 덧붙였다.

아리엘 디아블로의 눈썰미는 상상을 초월한다. 이는 무구를 보는 데에만 국한되지 않는다. 만에 하나 오스웬이 그것을 설치하다가 모습을 들키면 문제가 될 수 있었다. 오스웬을 믿지 못하는 건 아니지만 만에 하나를 조심해서 나쁠 건 없지 않겠나.

이히는 고개를 갸우뚱하다가 눈을 깜빡였다.

"네에~ 마스터. 이히가…… 음, 네. 저 나쁜 마족을 이히가 안내할게요. 칫."

못마땅한 듯 엉덩이를 털고 일어난 이히가 다시 날아올랐다. 이내 아리엘 디아블로를 쩨려보며 팔짱을 꼈다.

"나는 나쁜 마족이 아니다, 신비한 요정이여."

"아니거든요~ 마스터를 빼고 모든 마족은 전부 나쁘거든요~ 이히가 잘 알거든요."

"성격도 제 주인을 빼닮았군."

아리엘 디아블로가 피식 웃었다. 그리곤 말을 이었다.

"그럼 그 안내라는 걸 받아보도록 하지."

"따라오든가 말든가~"

파앙-!

이히가 최고 속도로 날아갔다. 얼마나 빠른지 바람이 일었다.

"재밌는 요정이구나."

"말썽꾸러기다."

작게 혀를 차자 아리엘이 신기하다는 듯 턱을 쓸었다.

"너도 그런 눈빛을 지을 수 있었군."

나는 이맛살을 구겼다. 누군가가 나에 대해 품평하는 듯한 태도를 취하는 것이 상당히 마음에 들지 않았다. 그를 아리엘 디아블로도 읽었는지 고개를 작게 내저었다.

"지금 문제를 일으키고픈 마음은 없노라. 나는…… 저 귀여운 요정과 술래잡기를 하마. 나중에 보자."

그녀가 뒷짐을 졌다.

이어 느긋하게 발을 옮겼다.

파아아앙!

하지만 다음 발을 내디뎠다고 생각하는 순간, 쏜살같이 사라졌다.

'이히가 더 느리군.'

조만간 따라잡히겠다는 생각과 함께 나도 자리를 옮겼다.

잡담의 시간은 짧았고 앞으로 할 일은 많았다.

"랜달프 브뤼시엘은 어떤 마족이냐?"

이히가 '항복'을 선언하며 술래잡기가 끝났다. 이후 잠깐의 정적 끝에 아리엘 디아블로가 물었다.

코웃음을 친 이히가 손가락 열 개를 좌악 펴더니 하나씩 접어가며 말했다.

"착하시고, 자상하시고, 멋있으시고, 강하시구, 똑똑하시구, 이히한테 잘해주시구, 마력의 향이 굉장히 매혹적이시구……."

"알았다. 그만해라. 그가 어떤 마족인지 대충 알겠다."

끝도 없이 나열되자 정말 끝나지 않겠다는 생각에 아리엘 디아블로가 손을 내저었다.

"알면서 왜 물어보니?"

"후후, 이런 대접은 오랜만이구나. 그나저나…… 그 정도 그릇이면 요정왕의 격을 갖췄다 할 수 있을진대 왜 이곳에 있는 것이냐?"

"요…… 정왕? 이히가? 아닌데?"

뭔가 걸린다는 듯 이히는 떨떠름히 답했다.

그러나 아리엘은 혼잣말처럼 계속해서 말을 이었다.

"요정의 계약은 요정왕이 될 때까지가 아니었던가? 요정왕이 되면 굳이 지금의 불평등한 계약을 유지하지 않아도 된다. 요정들에게 요정왕의 출현은 바라고 바라던 것. 갈망하고 또 갈망하던 것. 무엇과도 바꿀 수 없는 단 하나의 의

지이지."

"흥, 뭘 안다고 이히한테 이래라저래라야? 요정왕이 그렇게 쉽게 되는 줄 알아?"

"나만큼 요정에 대해서 잘 아는 이도 없을 것이다, 요정 이히여."

동시에 아리엘 디아블로의 눈동자가 하늘색으로 바뀌었다. 평소의 붉은색에서 순식간에 변화가 이루어진 것이다. 분위기 또한 천차만별이었다.

이히가 입을 크게 벌렸다.

"너……."

"쉿, 이는 돌아가신 아버지를 제외하면 아무도 모르는 비밀이니라."

"어, 어떻게 마족이 요정의 눈을! 불가능한 일인데……."

"역시 크게 말해버리는군."

그럴 줄 알았다는 듯 아리엘 디아블로가 고개를 내저었다.

그나마 주변에 아무도 없다는 게 작은 위안이었다.

잠시 후 그녀는 본래의 붉은 눈을 드러내며 이히를 오연히 바라봤다.

이히는 긴장했다. 마치 자신을 잡아먹을 것만 같은 기세에 주춤한 것이다.

이윽고 아리엘 디아블로가 작게, 그러나 뚜렷하게 말했다.

"요정 이히여, 나는 내 비밀을 하나 밝혔다. 그러니 내게 말해주지 않겠느냐? 왜 요정왕으로서의 격을 갖추고서도 요정왕이 되지 않는 것인지 말이다."

아리엘 디아블로의 군세는 의외로 보잘것없었다.

은빛의 기사들, 일전에도 한 번 보고를 받은 적 있는 순백의 기사들이 일렬로 무리 지어 완공되어 가는 성에 나타난 것이다. 아리엘 디아블로가 나타나고 정확히 하루가 지난 뒤였다.

나는 그리니치 천문대의 꼭대기에서 그들을 바라보고 있었다. 기사의 숫자는 정확히 250. 친위대일까? 평범한 마수와는 조금 다른 듯싶었다.

'보고대로군.'

크리슬리와 오스웬이 내게 보고한 것과 크게 다를 건 없었다. 나는 둘을 시켜 대공들에게 초대장을 건넸고, 둘은 대공들을 차례대로 방문하며 본 그대로의 보고를 내게 올렸었다. 한 치의 과장 없는 그대로 말이다.

'저게 전부인가?'

고개를 갸웃한다.

그렇다면 대단한 자신감이다. 아리엘 디아블로의 성격이라면 따로 뒷공작을 행하진 않았을 터. 만에 하나를 대비한다고 하더라도 부족한 감이 있었다.

'자신감……'

그렇다. 아리엘 디아블로는 자신감 하나 빼면 시체와 다름없다. 저만하면 충분하다고 스스로 판단한 것이겠지. 그러니 조금 더 세심하게 볼 필요가 있었다.

250에 달하는 은빛의 기사가 성문을 통과해 들어왔다. 크기는 제각각이었고 성별은 모두 여자로 이루어졌다. 나이대도 모두 달랐다.

조금 더 숨을 깊게 쉬어본다.

마수와는 조금 다른 마력의 향. 뭐라고 설명할 수 없는 불길함도 함께 느껴지니 그야말로 정체불명이었다. 데스나이트는 아니었고 다크 워리어도 아니었다.

'합성된 새로운 종.'

고개를 작게 끄덕여 보았다.

아예 새로운 종은 아니었다. 은빛의 기사에게서 몇몇 익숙한 기척이 느껴진 탓이다. 나이트 종류의 모든 마수와 보다 높은 상위의 '격'도 함께 존재했다.

하물며 인간의 기색조차 있었으니. 무슨 의도를 가지고 저만한 숫자를 합쳐 놓은 것인지 모르겠다. 심지어 그게 가능한지조차 의문이다.

'내가 모르는 마수도 있었던가? 흥미롭군.'

마수의 숫자는 족히 수천 가지다. 단순한 종으로서 나열하면 축약되긴 하겠지만 내가 모르는 마수가 있어도 크게 이상할 건 없었다.

하나 지금 내게 걸리는 건 그게 아니다. 마수를 합성해서 만든 마수. 새로운 종이라고는 하지만, 그러한 것들을 보통 키메라라고 부른다. 문제는 저만한 숫자의 마수들을 하나로 융합하고 형체를 일정하게 유지시킬 수 있느냐인데.

'불가능하지.'

적어도 내가 아는 한은 말이 안 되는 이야기다.

키메라에 관해 깊은 지식을 가진 건 아니지만 이것만큼은 확실했다.

일반적인 키메라도 셋 이상의 마수는 합성하지 않는 법이었다. 그 이상의 숫자가 되면 신체가 불안정해지고 스스로 자폭하기 때문이다.

일순 은빛 기사들 중 가장 앞서가는 여기사와 눈이 마주쳤다.

"흠······."

그 눈!

혀를 차며 고개를 주억였다.

눈을 본 순간 한 가지 진실을 눈치챘기 때문이다.

'상위 용종이 섞여 있군.'

그리고 납득했다.

다른 마수 수천, 수만보다, 저 250명의 기사가 훨씬 낫고, 아리엘 디아블로를 대변하는 데 충분하다는 사실을!

'과연.'

자신감의 출처를 알아내자 무시할 수가 없었다.

초대장에 적힌 날짜.

솔직히 아리엘 디아블로를 제외하면 지킬 대공이 없으리라 여겼다. 그들은 오만하고, 직선적이며, 남을 깔보는 게 일상이기에.

하지만 내 생각이 틀렸다는 걸 알게 되기까지 그리 오랜 시간이 필요하진 않았다.

아리엘 디아블로의 은빛 기사들이 들어오고 정확히 다음 날. 같은 시각에 동쪽에서, 서쪽에서, 북쪽에서 동시다발적으로 대공들이 자신의 군세와 함께 나타난 것이다.

미리 협약한 뒤 정해진 시간에 들이닥쳤다고 보는 것이 옳겠지만 그럴 리가 없음을 알기에 이 기막힌 우연에 코웃음이 쳐질 따름이었다.

검은 물결이 따로 없었다. 수십만…… 어쩌면 수백만에 달하는 마수가 너른 들판을 가득 메웠다.

일대장관!

하나 그 모습에 희열을 느끼는 이들은 거의 없을 것이다.

절망뿐인 군세들. 모든 것을 집어삼킬 기세로 도착한 이들은 성 문 앞에 대군을 대기시켰다. 그리고 대공과 그 휘하 마족들이 탈 것에서 내려와 옷매무새를 정돈하며 당당하게 앞으로 걸어 나왔다.

그들의 면면에 긴장감 따위는 없었다.

절대적인 승리, 그에 따른 자신감뿐이었다. 자신이, 자신의 파벌이 최강임을 믿어 의심치 않는 것이다.

그러나 모두의 생각대로 판이 돌아갈 수는 없었다. 최후의 승자는 오로지 하나뿐!

그래서 약한 모습을 절대로 보이지 않으려고 했다. 애당초 마족은 태생부터가 약자 도태이긴 하지만…….

"문을 열어라."

나는 명했다.

곧 문이 열리며 그들이 성 내에 발을 들였다.

뭐라고 할까?

묘한 분위기였다.

나는 그들을 초대하고자 이곳, 그리니치 천문대를 더할 나위 없는 성으로서 만들었지만 솔직히 대공들의 입장에서 보자면 작은 성에 지나지 않을 것이었다.

수많은 고가의 장식도 그들의 눈을 충족시키기엔 역부족이다. 모든 만반의 준비를 하기엔 시간이 부족했던 탓이다.

말 그대로 보여주기에 지나지 않았다. 구색 갖추기라고도 할 수 있으리라.

그들이 이곳에 온 건 여러 가지 이유가 있겠지만 내가 보낸 '초대장'이 가장 크게 기여했을 터인데, 그다지 불편해하는 기색은 보이지 않았다.

'도발적인 내용이었다만…….'

누구도 알지 못하는, 자신만이 알고 있는 비밀을 일부러 적어서 보냈다. 필시 어찌 알았느냐 추궁해야 옳지만 그보단 탐색의 시선이 더욱 강하다. 그럼에도 묘하게 긴장감이 없었다.

나는 즉시 휘하 마수들에게 연회의 준비를 시켰고 라미아의 노랫소리와 함께 조용하고 신속하게 진행되었다.

"들지."

인간들의 연회복을 입고서 머리를 정돈한 내가 그들에게 정중히 잔을 건넸다. 바로 이 잔잔한 분위기……. 인간들의 '파티'를 흉내 낸 것이다. 마족에게 있어선 불편하기 짝이 없는, 익숙하지 않은 그런 공기를 자아냈다.

하나 이들은 대공이다.

별의별 경험을 다했고 내가 준비한 이 역시 마찬가지다.

파벌끼리 모여 잔을 들고 한 잔을 깨끗이 비워냈다.

"술 맛이 괜찮군."

우파가 입꼬리를 말아 올렸다. 그는 술에 대해서도 제법 욕심이 많은 자였다.

하여 가볍게 답했다.

"가장 좋은 술이라고 하더군. 무슨 꼬냑이라던데…… 술을 즐기지 않아 이름은 모르겠고, 그래도 인간의 양조술이 제법 괜찮지 않은가?"

내 언변은 술에 대한 모독과 다름없었다. 술 애호가인 우파라면 한마디 할 것이라고 예상하며 꺼낸 것이다.

하나 반응은 전혀 달랐다.

"그 초대장의 시시한 내용보단 이게 훨씬 나은 건 분명하지."

"글을 잘 쓰는 능력이 없어서 웃기지는 못했나 보군."

얄궂게 받아넘겼다. 시시해서 미안하다고 사과를 할 수도 없는 노릇이었다. 장난으로라도 말이다.

'달의 마법사는 역시 이곳에 없나.'

슬쩍 우파 주변을 탐색해 봤지만 달의 마법사 구스타르테의 기척은 느껴지지 않았다. 아무리 강력한 무기래도 불안정하기 짝이 없는 존재를 여기서 선보일 순 없다고 판단한 것이겠지.

이것만큼은 생각대로다.

하나 휘하 마족들의 능력이 제법 괜찮다. 그동안 가파른 진전이 있었는지, 아니면 또 무슨 꼼수를 부린 건지 다른 파벌에 비하여 마족들의 마력이 조금 더 월등했다.

'서큐버스 퀸이라!'

그중 가장 눈에 띄는 건 그로기 인피르였다.

서큐버스에 환장한 마족. 던전 전체를 서큐버스로 채우다가 이르게 죽은 별종!

녀석이 서큐버스 퀸을 함께 대동하고 있었다. 전생에서도 본 적 없던 마수이다. 최상급 3레벨에 이르는 막강한 존재로서 마계 옥션에서도 등장한 적이 없었건만. 무언가 다른 이벤트를 클리어한 게 분명했다.

반면 판데모니엄은 어떠한가. 전과 크게 다를 모습이 없었다. 기린과 한국의 각성자들이 공격을 감행한 그때와 비슷한 전력을 유지하고 있는 듯싶었다. 오쿨루스가 죽고 그의 힘 중 상당수를 거뒀지만 그게 전부였다는 뜻이다.

하기야, 그 힘은 또다시 내 던전을 공략하며 상당히 산화했다.

그리 보면 모든 대공 중 판데모니엄이 가장 힘이 부족해 보였다.

그것을 판데모니엄도 모르진 않을 터였다.

"이 연회는 마치…… 인간 같군."

"판데모니엄, 그대는 인간의 연회도 경험해 보았겠지. 워낙 오랜 세월을 살았으니까."

"구경은 한 적이 있지. 그나저나 이런 쓸데없는 짓을 하려고 우리를 초대한 건 아닐 텐데, 랜달프 브뤼시엘. 대책을 논의하기 위함이 아닌가?"

아아.

고개를 주억였다.

그러고 보니 초대장에 그런 내용을 넣은 기억이 있다.

하지만 솔직히 판데모니엄이 이처럼 반응할 줄은 몰랐다.

지구의 천족이래 봤자 크게 위협적이지 않았다. 그렇다고 그들이 곧 카마엘이 강림할 것임을 알고 있을 리도 만무했다.

약간의 찝찝함을 안고서 입을 열었다.

"천사에 대한 대책 말인가? 그야 당연히……."

"내가 하는 말은 그런 뜻이 아니다. 천족들 따위야 밟으면 밟히는 가련한 놈들 아닌가."

그럼 무엇을?

최대한 의아해함을 지우며 판데모니엄을 바라봤다.

그런데 웬걸…… 판데모니엄의 표정은 매우 불쾌히 일그러져 있었다.

그만이 아니다. 다른 대공들, 마족들이 그러했다.

마치 내가 알면서 모른 척하고 있다는 듯.

'뭔가가 있다.'

문제는 그것이 뭔지 내가 알 길이 없다는 것.

하지만 알아보는 방법은 간단했다.

저들은 내게서 무언가를 갈구하고 있었고, 그렇다면 나는 아무런 말 없이 희미하게 웃음만 지어주면 될 따름이었다.

"특수 이벤트…… 네놈도 알 텐데?"

특수 이벤트!

그야말로 언제, 어디서 일어날지 알 수 없고 갑작스럽게 나타난 이벤트를 말함이다.

하지만 나는 당장 특수 이벤트에 관해 아는 게 없었다. 하지만 다른 모두는 그 특수 이벤트란 단어에 큰 반응을 보이지 않았다.

그렇다는 건.

'다른 마족들 모두에게 같은 특수 이벤트가 일어났다는 건가? 하나 난 받은 적이 없다.'

이상한 일이었다. 나를 제외한 모두가 특수 이벤트를 보았다면 내가 제외될 이유가 없었다. 한데 나는 제외됐고 이들은 내가 보낸 초대장에 반응하며 발 빨리 찾아왔다.

적어도 내가 바라고 그린 그림과는 거리가 있었다.

그저 가만히 있자 판데모니엄이 한 발자국 나서며 말했다.

"마계로 향하는 길을 열어라, 랜달프 브뤼시엘. 네놈은 그 방법을 알 터. 아니라면 이와 같은 시기에 우리를 모을 생각은 안 했겠지. 여기서 시시하게 연회 따위나 하고 있을 시간은 없노라."

모두의 시선이 내게로 향했다.

'좋지 않군.'

대공들이 적대하고 견제하게 만드는 것이 나의 목표였다.

한데 모든 방향이 나로 귀결되었다.

결코 득일 수 없는 길.

그런데 때마침 피부가 따가울 수준의 신성력이 머지않은 곳에서 느껴지기 시작했다.

"천족 놈들이 신성지대에서 뛰쳐나왔군."

아리엘 디아블로가 저 먼 동쪽을 바라보며 작게 말했다.

'좋지 않아…….'

그리고 그 소식은 내게 있어서 엎친 데 덮친 격과 다를 바가 없었다.

내가 바라는 건 하나였다. 그들이 모임으로서 균열이 일어나고 그사이 천족과 인간이 덮쳐드는 것이었다.

그리만 된다면 제아무리 대공과 마족들이 모인 자리라도 상당한 피해를 감안할 수밖에 없을 터였다.

그리고 나는 가장 유리한 고지에서 협상 아닌 협상을 시작할 셈이었지만······.

'틀어졌다.'

저들은 왜인지 내게 집중하고 있었다. 특수 이벤트라는 단어가 귓가에 맴돌았다. 내게는 뜨지 않았고 저들에게만 떴다하니 연유를 모르겠다.

'특수 이벤트는 모든 이에게 공통으로 뜨는 게 아니었던가?'

그래서 정리를 해보고자 마음먹었다.

지금 당장은 머릿속이 어지럽지만 여전히 내가 유리한 고지를 점할 기회가 있을 것이다. 오히려 이러한 상황을 역전시켜 내가 위에 설 자리로 만드는 것도 능력이다.

곰곰이 생각해 보았다.

예컨대 잔혹한 사령관 막시움의 출현이 그렇다.

모든 마족, 심지어 인간 각성자들에게도 메시지가 전달되었다. 그뿐만 아니라 전생에서의 경험도 그렇다고 말한다. 아무리 생각해도 비정상적인 일.

틀어졌다고밖엔 할 말이 없었다.

알아내고 싶으나, 아는 척을 할 수밖에 없는 상황.

모른다 한다면 저들은 이상한 의심을 할 가능성이 높다.

단지 그 가능성만으로 나를 매도하며 떨쳐 낼 수 있는 게

마계의 대공들이다. 지금과 같은 상황에선 단연코 피해야만
했다.

'마계. 저들은 내가 길을 열 수 있다고 믿는다. 아니……
잘하면 열 수도 있을 테지.'

내심 고개를 끄덕였다.

동쪽에서 쳐들어오는 대량의 천사 따위는 지금 내 심기를
건드리지 못했다.

마계로 향할 수 있는 방법. 나는 그 가능성이 어디에 있는
지 알고 있었다.

이히!

이히의 황금 왕관이다.

요정 기사로 격을 올리며 얻은 보물인데, 그 효과로 인해
나는 지저 세계에 떨어진 바가 있었다. 그곳은 나락군주가
만들어놓은 모의 세계였으며 그의 보고가 잠들어 있는 장소
였다.

이히를 이용해 마계로 돌아가는 것도 불가능하진 않을 것
이다. 단지 예측일 뿐이지만…… 가능성은 높았다.

'내게 특수 이벤트 메시지가 전해지지 않은 이유. 이히가
열쇠라면 내게도 전해졌어야 맞는 일이거늘. 메시지가 전해
지지 않는 이는…… 시스템상에 속하지만 특수 이벤트와 전
혀 상관없는 이들, 적들, 시스템에 속하지 않는 자들뿐.'

미간을 구겼다.

마신이 만든 시스템은 제법 완성도가 높다.

나는 당연히 시스템 내에 속해 있다. 마신과의 계약으로 지구에 당도하지 않았나.

특수 이벤트와 무관할 리도 없다.

그럼 남은 건 '적'일 때뿐인데, 말하자면 토벌 상대일 때 그러한데……. 전생에서 특수 이벤트로 등장한 마수나 막시움은 모두 확실한 메시지를 받지 못했다. 이건 확실하다.

'나락군주.'

내게서 다른 가능성을 찾으려면 그뿐이 없다.

물론 던전 마스터로서도 인식은 하고 있을 테다. 아니라면 던전 자체를 운영할 수 없으니까. 그리고 동시에 나락군주로 인식해도 충분히 납득은 갔다. 아니라면 이히의 왕관이 나를 마계로 돌렸어야 정상이다.

그래도 의구심이 생기는 점은 많았지만 가지는 모두 쳐 냈다.

나락군주의 심장을 가지고 있으니 세상이 나를 나락군주로 인식할 수도 있는 것이다.

물론 마족들은 그러한 사실을 모르고 있었다.

동시에 다크 엘프 하이어의 저주를 기억해 냈다. 마계에서 나와 비슷한 힘으로 공격당해 목숨을 잃은 크리슬리의 어미.

나락군주의 심장을 제외한 다른 것들을 이어받았다고 생각되는 제3의 인물.

마왕이 되어 마계에 돌아간 이후에나 신경 쓰게 될 줄 알았건만, 모든 일은 이어져 있었다는 건가?

내가 아는 한 나락군주는 최강자 중 하나다. 적어도 전생에서조차 일대일로 그를 대적할 자는 거의 없으리라 사료되었다.

신들의 농간에 의해 죽었지만 부활한다면 과연 누가 막을 수 있을까?

'어쨌든 마계에 일이 생겼고 이들은 바삐 돌아가길 바란다.'

이것만은 확실했다.

주먹을 약하게 쥐어 보였다. 등을 꼿꼿이 펴고 동쪽을 바라봤다.

쿠릉!

콰콰쾅!

성 바깥은 이미 전쟁터다. 바깥에서 대기하던 마수들과 동쪽 하늘을 물들이며 쳐들어온 천족들이 서로 한 치의 물러섬도 없이 전쟁을 수행하는 중이었다.

대부분의 마족도 마수들을 통제하러 성을 빠져나갔다.

이 상황에 달갑지 않은 듯, 최대한 빨리 끝내려는 속셈이 눈에 들어왔다.

그걸 보곤 얇게 웃었다.

처음엔 복잡했지만 곁가지를 쳐내고 중요한 부분만 바라보니 절로 미소가 지어진 것이다.

'여전히 열쇠는 내가 쥐고 있다는 소리로군.'

마음이 한결 가벼워졌다.

지품천사(智品天使)라 함은 숭고한 지혜를 가졌다고 전해지는 상위의 천사를 말함이다.

9계급으로 이루어진 천사 중 2계급에 속하는 위계로서 그 권능은 매우 강력하기 이를 데 없다고 전해지고 있다.

능히 대공, 혹은 그 이상의 권능을 몸에 품었으니 가히 홀로 군단이라 칭해도 반박할 수 없으리라.

그리고 지금 지구에 남아 있는 천사들 중 가장 위계가 높은 천사가 지품의 위계를 가지고 있었다. 비록 태어난 지 얼마 되지 않았대도 위계를 중시하는 천족들에겐 절대적인 영향력을 끼칠 수 있는 것이다.

세계 각지에 나타난 수만의 천사.

그들은 중국의 한 던전을 신성지대로 선포하고 모여들었다. 그곳에서 잃은 힘과 권능을 되찾음으로써 한층 더 강해질 수 있었다.

당연히 신성지대는 천혜의 요새가 될 수밖에 없었고 마족들도 공격할 엄두를 내지 못했다.

한데 지금 그 천사들이 요새를 버리고 지품천사를 앞세워 마족들을 공격하기에 이르렀다.

숫자 자체는 차이가 너무 심했지만 상성이 극에 달하고 천사 대부분이 힘을 회복한 만큼 쉽지 않은 싸움이 되리라는 건 불 보듯 뻔했다.

그렇다고 해도 결과는 정해져 있는 것과 같았지만…….

'인간들이 없다면 말이지.'

내가 손을 쓴 건 천족뿐이 아니다.

하쉬를 움직여 지구에 남아 있는 천족 전체를 움직인다는 작전은 성공했으니 이제 나머지 하나를 더 기다리면 되었다.

바로 인간들의 합류다.

날짜까지 정확히 지정해 주었는데 움직이지 않는다면 그처럼 미련한 녀석들도 없을 것이다.

멸망해도 싸다.

'이변이 일어나지 않는 한 뒷짐 지고 구경이나 하면 되겠군.'

시계탑 꼭대기 위에서 한결 가벼워진 마음으로 뒷짐을 졌다.

이제부턴 손 안 대고 코를 푸는 시간이었다.

비밀리에 숨어 있던 집단들, 그리고 각성자들, 전 세계의 위대한 인물들이 움직이기 시작했다.

그들이 동시에 움직이기 시작한 계기는 자신을 대공이라 칭한 남자에게서 시작되었으며 처음에는 가볍게 치부되었으나 이제는 '세계 존망의 기회'로 여겨지고 있었다.

그들은 모든 정보망을 통일시켜 마족과 마수들의 이변적인 움직임을 읽었고, 그들 모두가 그리니치 천문대로 향하고 있음을 확신한 탓이다.

적어도 그리니치 천문대에서 범상치 않은 일이 일어날 것임은 자명해 보였다. 마족들을 일거에 처리할 기회라고도 여겨졌다.

"여기는 꽃. 여기는 꽃…… 후! 코드 네임이 꽃이 뭐예요, 길마?"

그리니치 천문대에서 수십여 킬로미터 떨어진 지점.

부서진 도시의 잔해 사이에서 유은혜와 팀원들이 움직이는 중이었다.

유은혜가 무전기를 통해 입을 열자 그 속에서 대답이 튀어나왔다.

—그럼 짱 센 꽃 해줄게.

김용우의 목소리였다. 그는 지금 무전기를 통해 작전을 지시하고 있었다.

유은혜가 한숨을 내쉬었다.

"그건 더 별로거든요?"

─사람들이 너를 '전장의 꽃'이라 부르잖아. 구역별로 다 정리했다며? 그럼 대장 꽃이라고 불러주리?

지하 벙커에 모인 각국의 강자, 그들 모두를 꺾고 유은혜는 자신이 최강자 중 하나임을 증명했다. 그래서 약속대로 김용우는 '대장'이란 말을 입에 담은 것이었다.

당연히 유은혜의 입장에선 달갑지 않았다.

꽃이라니……. 꽃은 너무 연약하지 않은가.

"닥쳐요. 그보다 다음 지시나 내려요. 예정 지점에 도착했으니깐."

─벌써? 그럼 기다려. 그 지점에서 합류할 팀이 더 있어.

유은혜가 고개를 갸웃했다.

"예? 우리가 하는 게 제일 중요한 일 아니었어요? 비밀리에 움직여야 되잖아요?"

─그야 중요하긴 한데, 지금 긴급 상황이거든. 팀 한 개가 더 있어야 길이라도 뚫을 수 있을 거 같다.

"무슨 일인데 그래요?"

─천사가 등장했어. 숫자가 수만이야.

탁!

유은혜가 이마를 쳤다.

"갑자기 왜요? 아니, 미리 알았어야 되잖아요?"

—신성지대 안은 모든 전자 기기가 안 통하는 거 알잖아. 게다가 워프라도 한 건지 갑자기 나타났다고. 가련한 인간들이 무슨 수로 그걸 읽냐?

제갈공명 할아버지라도 못 읽겠다며 김용우가 투덜대는 소리를 듣고 유은혜는 이를 갈았다.

"조용히 들어가려는 계획이 틀어졌네요. 전쟁터 속에서 이걸 무슨 수로 옮기죠?"

유은혜가 뒤를 돌아봤다. 에드워드 윈저가 사람 몸집만 한 철제 가방을 메고 길을 가는 중이었다.

—그게 인류의 희망이야. 어떻게든 옮겨. 터뜨리기만 하면 된다고. 하늘이나 바다로 침투하는 건 거의 불가능한 거 알잖아? 강한 각성자가 직접, 조용히, 안 들키고 옮겨야 돼.

가방 안에는 인류 역사상 다시없을 강력한 무기가 들어 있었다. 그걸 그리니치 천문대의 중심지에 아무 일 없이 가져다 놓는 게 유은혜가 맡은 역할이었다.

저걸 중심부에서 터뜨릴 수만 있다면 수많은 마수와 마족들을 일거에 멸할 수 있다는 계산이 나왔다.

'과학의 정수, 수많은 매직 아이템의 도움, 헤아리지 못할 숫자의 코어를 들여서 만든 유일한 무기.'

유은혜가 입술을 깨물었다.

이거만 제대로 터뜨리면 인류의 승리다.

슈퍼컴퓨터 수십, 수백 대를 동시에 돌려 천조분의 일 확률까지 계산했으니 틀릴 리는 없었다.

하지만 옮기는 게 문제였다.

마하의 속도로 날아가는 전투기라도 강력한 마수 앞에선 큰 힘을 발휘하지 못한다. 격추되어 떨어질 가능성이 현저히 높다. 바다 역시 마찬가지다.

강력한 각성자가 기척을 숨기고 옮기는 것 외엔 방법이 없었다.

그래서 선택된 게 유은혜와 그녀가 고른 팀원들이었다.

"언제까지 기다리면 되죠?"

─음…… 곧!

곧? 애매하기 짝이 없는 대답.

하나 유은혜와 에드워드는 즉시 알아차릴 수 있었다.

은은한 신성력이 먼 곳에서도 느껴진 것이다.

처음에는 천사인 줄 알았으나 분명한 인간이었다.

이상한 점은 그게 전부가 아니었다.

'팀'이라 명한 것치곤 구성이 많이 얄팍하다.

두 명의 여인이 전부였으니…….

아!

아니다. 그녀들의 옆에는 불덩이가 떠다녔는데 자세히 보면 사춘기의 소녀와 비슷했다.

그럼 정확히 넷인가?

"안녕하세요."

"······."

한 명은 활기찼고 남은 한 명은 과묵했다.

불덩이들은 조용히 곁을 떠다닐 뿐이었다.

"김용우 길드 마스터가 말한 팀이라는 게······?"

유은혜가 얼떨결에 말하자 여인 중 한 명이 웃으며 답했다.

"예, 맞아요. 저는 김유라, 그리고 여기 조용한 아이는 제 동생 김민지랍니다. 둘 다 '하이 프리스트' 직업을 가지고 있으니 제법 유용할 거예요. 그리고 저희 파트너 레이와 세라랍니다."

작은 불로 이루어진 소녀들이 짧게 인사했다.

그 즉시 유은혜는 그 소녀들이 불의 정령임을 알아봤다. 요즘 들어 꽤 많은 숫자의 각성자가 불의 정령과 계약한다고 알고 있었기 때문이다.

"아······ 저는 유은혜, 전사 직업을 가지고 있습니다. 잘 부탁해요."

"저야말로요."

그러자 김유라가 생긋 웃었다.

Chapter 67

구스타르테

Dungeon Hunter

가야 할 길은 멀었고 적은 많았다. 제아무리 소수의 최정예 인원으로만 파티를 꾸렸대도 그 많은 눈의 감시를 완전히 피할 길은 없었다.

수십, 수백만의 마수와 천사 모두가 적이었다. 마수들이야 따로 말할 필요도 없지만, 천사들의 싸움 방식은 인간에게 있어서 진절머리 나게 만드는 것이었기 때문이다. 말이 천사지 전투 상황에서 그들은 마수와 다를 바가 없었다.

천사들의 싸움 방법. 그것은 바로 '자신들 외에는 아무것도 신경 쓰지 않는 무신경함'이다.

그저 지나가는 인간도 길을 막는다면 무참히 베어버리고 지나가는 탓에 군중들의 심리에 천사는 마수보다 아주 조금 나은 존재뿐이 되지 않았다. 천사는 적어도 인간들을 사냥하러 나서진 않으니 말이다.

하지만 지금 이곳은 전쟁터였다.

피가 넘치고 이성이 마비되는 혼돈의 도가니 속!

그 속에서 발견되는 약자는 지체 없이 사냥될 뿐이었다.

그나마 유은혜를 포함한 파티가 각성자 중 최상위 레벨이었던 덕에 근근이 버티고 있을 따름이었다.

그중 하이 프리스트 김유라와 김민지의 활약은 대단했다.

"봉합."

"재생."

둘의 콤비네이션은 경악을 넘어 경이로울 지경이었다. 잘려 나간 팔다리조차 단번에 원상 복구시켜 버리는 기적을 각성자들은 실시간으로 지켜보고 있었다. 프리스트 계열 중 세계적으로 이름난 각성자들도 해내지 못한 '기적'이었다.

그녀들의 말은 현실이 되었다. 봉합하라 명하면 그 즉시 상처가 봉합되었으며, 재생이라 말한 순간 상처는 말끔히 치유되었다.

부작용은 없었다.

흔히 말하는 등가교환. 각성자들이 스킬을 사용하는 데 있어서도 어느 정도는 통용되는 말이다. 높은 랭크의 스킬일수록 피로함이 심하다거나 상당한 마력을 잡아먹는다.

한데 지치지 않는다.

'진짜 사람 맞아?'

유은혜가 내심 고개를 저었다.

이제 중반쯤이나 왔을까.

벌써 마수, 천사들과 십여 차례 부딪쳤고 사상자도 나왔다. 하나 그들의 공통점은 '즉사'했다는 것이다. 김유라와 김민지도 다행히 죽은 이를 살릴 수는 없었다. 다행이라 말한 건 만약 죽은 자마저 살린다면 생명의 무게가 너무나 보잘것없어 보일 것 같아서다.

얼마나 많은 죽음을 보아왔던가. 그때 그녀들이 있어주었다면…… 이라는 마음에 정신이 짓눌릴 것 같아서였다.

어쨌거나, 중증의 상태는 즉각 치료해 주었고 덕분에 여기까지 도달할 수 있었다. 절반의 파티원을 희생해 목표 지점 절반에 도달했다. 이런 단순한 계산이라면 모두 죽어야 도착할 수 있다는 결론이 나온다.

'죽는 한이 있더라도 도착해야 돼. 그러기 위해서 반드시 그녀들을 지켜야 하고.'

유은혜의 눈빛이 매서워졌다.

치료 계열의 스킬을 가진 각성자는 숱하게 봤지만 저 정도의 이능을 발휘하는 이들은 처음이다. 그녀들은 목적을 이루는 데 있어서 반드시 필요한 인재였다.

그녀들과 목적을 수행할 1인만 남으면 된다. 그 1인이 유은혜 본인이라는 보장은 어디에도 없었다. 그보단 차라리…….

유은혜가 에드워드 윈저를 바라봤다.

"누나, 긴장했어요?"

에드워드 윈저가 씩 웃었다.

처음 발견했을 때와 비교하면 어느덧 훌쩍 커버린 아이.

때로는 엄마처럼, 때로는 애인처럼 자신을 여겨주길 바라지만 유은혜는 그 기대에 보답할 수 없었다. 진짜가 아닌 탓이다.

하나 에드워드 윈저는 젊다. 뿐만인가. 상상을 초월하는 속도로 강해지고 있었다. 유은혜가 최강자 중 한 명이라 칭송받을 정도라면 에드워드 윈저는 당당히 '최강자'가 될 자질을 가지고 있다는 뜻이다.

벌써 자신을 거의 따라잡을 수준이니 그 속도는 어이가 없을 정도였다.

만약 한 명만 살아남을 수 있다면 그건 에드워드 윈저여야 할 터였다. 그것이 세계를 위해서도, 자신을 위해서도 올바른 선택이리라고 유은혜는 생각했다.

"긴장은 무슨? 빨리 움직이자. 약간 길을 우회해야겠어."

"길을 우회해요?"

"아무래도 이 주변에서 접전이 일어나고 있는 것 같아. 시간이 조금 더 걸리더라도 돌아가는 편이 나아."

"그럼 그렇게 해요."

푸욱!

어깨를 으쓱하며 에드워드가 오우거의 목에 대검을 꼽았다. 죽은 시체지만 확인 삼아 다시 한 번 내리꽂은 것이었다.

대장은 유은혜였다.

대원은 대장의 말을 군말 없이 따르는 법이다.

에드워드는 아직 무리를 이끌기엔 너무 어렸고 경험도 적었다. 하나 앞으로 1, 2년만 있으면 당당히 지금의 자리를 차지할 수 있으리라.

김용우가 있는 자리, 그 이상까지도 순식간에 치고 올라갈 것이다.

그리 생각하니 마음의 짐이 약간은 가벼워졌다.

'이번 임무…… 어차피 전부 살아 나갈 순 없어.'

유은혜가 강해지려고 노력한 것, 부조리한 모든 상황에 맞서 싸우려 한 것, 그것은 자신이 최강자 중 한 명이었기 때문이다.

강자는 약자를 보호하고 불의에 맞서 싸워야 한다. 그를 아무도 행하지 않는다면 종국에는 부패한 자들뿐이 남지 않는다.

그리 된다면 세계는 멸망하고 말리라!

구세주의 아이들에게 잠시나마 반기를 든 것, 그동안 다소 과격한 행동을 보인 것 모두가 그러한 무게감에서 나온 것이었다.

이번 임무 또한 자신이 아니면 따로 성공할 것 같지가 않아서 지원했다. 성군이 되는 게 최종 목표였으나 그 후보로 에드워드도 있으니 이제는 상관없었다.

싸우면 싸울수록, 목적지를 향해 나아갈수록 생존율은 희박할 것이라는 생각이 머릿속을 지배했다. 이런 직감은 보통 틀리지 않는다.

"내가 죽으면 파티는 네가 지휘해, 에드워드."

"그런 재수 없는 소리 하지 말아요."

에드워드가 입술을 쭉 내밀었다. 수련의 방에 들어가고 제법 긴 시간을 보냈음에도 에드워드는 여전히 아이와 같은 구석이 있었다.

"약속해."

하나 유은혜는 진지했다. 만약 위기 상황이 닥친다면 유은혜는 자기 몸을 날려서라도 에드워드를 지켜낼 셈이었다.

단순히 미래를 위해서만은 아니었다.

그간 깊은 정이라도 들어서일까?

철부지 동생 같기도 하고, 아이는 가져본 적이 없는데 왠지 자신의 아이처럼 정감이 가는 게 참으로 이상한 일이었다.

그 진지하기 짝이 없는 표정을 보고 에드워드가 홱 고개를 돌렸다.

"약속은 하는데, 그런 일 안 일어날 거예요."

"그럼 됐어. 이동하자."

"공대장님, 당장 이동하긴 힘들겠네요."

때마침 마지막 환자를 치료한 김유라가 유은혜의 곁으로 다가와 말했다.

"이동하기 힘들다니요?"

"마수들과 천사들이 이쪽을 향해 빠르게 다가오고 있어요. 제 정령 레이가 감지했으니 확실할 겁니다."

불의 정령!

지금은 수많은 각성자가 계약했지만, 이 프리스트 자매가 가진 것에 비하면 한참 작다. 그리고 크기만큼이나 불의 정령들은 막강했다. 솔직히 웬만한 각성자보다 나았다.

"거리는요?"

해서, 유은혜는 김유라의 말을 믿었다.

자신보다 먼저 감지해 냈다는 게 믿기지 않지만 여기에 오기까지 몇 차례나 비슷한 상황이 일어났기 때문이다. 이제 의문은 없었다.

"앞으로…… 잠깐, 레이, 뭐라고?"

김유라의 표정이 굳었다. 불의 정령 레이가 김유라를 향해 이야기를 꺼냈는데, 그 내용이 심상치 않은 모양이었다.

이윽고 이야기를 전부 전해 들은 김유라가 급히 말했다.

"도망쳐요, 당장."

"네?"

"이럴 때가 아니에요. 우리는…… 감당할 수 없어요!"

이름을 입에 담는 시간조차 아깝다는 건가?

유은혜는 선택해야 했다. 그것도 아주 빠르게.

김유라의 말을 믿고 뒤로 후퇴할 것이냐, 이대로 전진할 것이냐.

시간은 없었다. 후퇴하고 돌아와서 목적을 달성하려면 난이도가 더욱 상승할 테다.

하나 결단은 빨랐다.

"후퇴……."

"늦었어요! 피해요! 최대한 멀리……!"

유은혜가 막 입을 열려는 찰나.

쿠르르릉!

바닥이 들썩였다.

수우우우우우!

이어 하늘이 검게 물들었다.

쏴아아아아!

하늘의 중심부에 뜬 검은 구, 마치 검은 태양같이 생긴 무언가.

수아아아아아앙!

그를 중심으로 주변의 모든 것이 빨려 들어가기 시작했다. 검은 태양은 모든 것을 아주 강렬하고, 빠르고, 무차별적으로 집어삼켰다.

마치 블랙홀처럼.

―진정한 왕의 힘을 보여주마, 하피 떼들아.

저 멀리서 놀랍도록 깊은 목소리의 주인이 풍만한 몸을 들고 걸었다. 그의 움직임을 따라 검은 태양이 조금씩 이동했다. 어둠도 함께 동화되었다.

꺄아아아악!

그리고 천사들은 저항하지 못했다.

하피 떼란 저 천사들을 의미하는 듯했다.

날개가 찢기고 괴성을 지르는 게 그들이 할 수 있는 전부였다. 블랙홀의 반경에서 벗어난 천사들도 있었으나 채 얼마 가지 못해 죽었다.

왕의 힘이란, 단순한 왕 본인의 힘만을 국한하는 게 아니다.

왕의 군세!

그 역시 왕의 힘이라 할 수 있으리라.

숫자를 헤아릴 수 없는 무수한 마수가 그 풍만한 왕의 뒤를 따르고 있었다.

특히 검은 날개를 단 정체불명의 마수들이 가장 압권이었다.

켈베로스의 머리를 달고 이족 보행을 하는 검은 천사!

신화 속에서나 등장할 법한 모습이었으니 어찌 압권이지 않겠는가.

하지만 그러한 존재들도 단 하나의 왕에 미치지 못했다.

나른한 얼굴, 하나 광기에 들어찬 두 눈동자!

스스로를 '왕'이라 칭할 수 있는 자격을 쥔 대공 중 하나.

가장 많은 인간을 학살한, 인간에게 있어서 단연코 가장 적대되는 마족이다.

극소수의 정보력을 쥔 인간들은 그를 경계했다. 가장 파괴적이며 거리낌 없이 움직이는 그는 살아 있는 핵폭탄과 다를 바가 없었다.

만약 대공 중 누군가가 지구를 멸망시킨다면 그중 가장 많은 공적을 차지하는 게 그일 것이라는 이야기마저 있을 지경이었다.

지금 그가 천사들을 학살하고 있었다.

후우우우웅!

그의 몸 주변으로 검은 구 수십 개가 솟아오르더니 이내 압도적인 검은 태풍을 만들어냈다. 공간이 비틀어지고 땅과 하늘의 경계가 사라졌다.

하나 일반적인 태풍이 아니었다. 놀랍게도…… 그 거대한 현상은 대공 우파가 사용하는 무기에 지나지 않았다.

우파가 검은 태풍의 아랫부분을 움켜쥐자 그의 손길을 따라 태풍이 들썩였다. 마치 검처럼 다뤄지는 검은 태풍에 휩쓸린 천사들은 순식간에 증발했다.

"……인간의 레벨 따윈 한참 벗어난 괴물이군요."

유은혜가 참담한 심정으로 말했다.

그들은 표적이 아니기에 공격당하지 않았을 뿐이다. 상당한 거리가 있고 은폐물에 숨어서 운이 좋으면 걸리지 않겠지만 그 확률은 희박했다. 그렇다고 지금 이 장소에서 발을 빼자니 걸릴 위험이 더욱 올라간다.

진퇴양난.

눈에 보이는 천사가 모두 사라지면, 그다음 공격은 이쪽으로 퍼부어질 공산이 컸다.

"그래서 대공이지요."

김유라였다. 하이 프리스트 자매 중 언니로 보이는 그녀의 목소리는 언제나 평정심이 가득했는데, 지금은 왜인지 복잡하기 그지없는 태도다.

공포보다는 왠지 모를 회한이 느껴졌다.

그러나 그 미묘한 차이를 유은혜는 깨닫지 못했다.

"격이 다르다는 걸까요?"

"같은 레벨이라도 대공이 훨씬 강해요. 분명…… 그래요."

파티에서 살아남은 인원은 스물셋.

김유라의 말이 끝나기 무섭게 그들 모두가 침묵했다. 그저 전투 장면을 바라보는 것만으로도 넋이 나간 탓이다.

후우우우우우웅!

거대한 검은색 태풍이 종이쪼가리처럼 이리저리 왔다 갔다 한다. 태풍이 쓸고 간 지점에는 아무것도 남지 않는다. 가공하다는 말로도 부족하다. 홀로 산을 움직인다 하는 그런 수준이 아니었다.

그리고 하늘에 떠 있는 검은 태양은 블랙홀처럼 꾸준히 주변의 천사들을 빨아 당기는 중이었다. 홀로 천사 대군과 맞서 압도적 우위를 점하고 있으니 그 무위는 재는 게 불가능했다.

"크흐흐흐!"

그 순간 대공 우파가 크게 웃어젖혔다.

태풍에 크게 위협을 받지 않으며 블랙홀에 빨려 들어가지 않는 천사 하나를 바라보면서 말이다.

세 쌍의 날개를 지닌 천사. 중급의 위계를 가진 능품천사(能品天使)였다.

그녀의 주변으로는 환하기 이를 데 없는 빛이 마구 뿜어져 나오고 있었다. 그 빛이 모든 공격으로부터 그녀를 보호하는 것 같았다.

우파가 웃으며 말했다.

"그 빛이 언제까지 네년을 보호할 수 있을까?"

"신의 가호는 마족 따위가 뚫을 수 없는 견고한 것이다!"

"그거 참 대단한 가호로군."

이윽고 우파가 검은 태풍을 손에서 놓았다. 그러자 태풍이 수백, 수천 갈래로 나뉘며 능품천사의 주변을 감쌌다.

우파는 잘게 갈린 검은 태풍 중 하나를 타고 천사의 곁으로 다가갔다. 그리고 우악스럽게 빛 무리 속으로 손을 들이밀었다.

치이이이익!

악한 것을 물리치는 빛. 우파의 손이 닿자마자 강렬하게 반항하며 태웠다. 그러나 우파의 입가엔 미소가 만연했고, 손에 닿은 면적은 빛을 잃고 대신 어둠으로 대신 채워져 갔다.

"커헉!"

우파가 능품천사의 목을 죄었다.

"네년은 내가 친히 먹어주마."

빛 무리가 모두 사라지자 우파는 우아한 손짓으로 능품천
사의 몸을 쓰다듬더니 목덜미에 입을 가져갔다.

"……."

그 광경을 바라보다가 유은혜는 눈을 질끈 감았다.

천사가 마족에게 생으로 잡아먹히는 광경을 보고 만 것이
다. 그야말로 악이 승리하는 광경 그 자체였다. 아무리 천사
가 인간에게 도움 안 되는 족속이라 하더라도, 그 신성성은
여전했건만……. 왠지 아득해지는 기분이었다.

'차라리 여기서…….'

유은혜는 고민했다.

그들이 가져온 폭탄.

'희망'이란, 전혀 안 어울리는 이름을 가진 물건이다.

이 거리에서 터뜨린다면, 대공 우파쯤은 죽일 수 있지 않
을까?

하나만 잡아도 대단한 성과다. 그가 끌고 온 수십만의 마
수들도 일거에 쓸어버릴 수 있으니 나쁘지 않은 교환이다.

'최후의 보루다. 들킨다면, 그때 폭발 스위치를 눌러도 늦
지 않아.'

다시 눈을 뜨고 숨죽였다. 천사들을 모두 쓸어버린 우파가
무슨 행동을 보일지에 따라 맞춰갈 생각이었다.

다행히도 우파는 등을 돌렸고 그의 뒤를 따라 모든 마수가 우르르 몰려갔다.

"갔군요."

우파가 보이지 않게 된 지 한참이 지나고서야 유은혜가 입을 열었다.

"후우!"

"미친. 뭐 저런 괴물이 다 있지?"

"우리 이길 수 있는 거죠, 공대장?"

남은 파티원들은 거친 숨을 몰아쉬며 급격히 뛰는 심장을 진정시켰다.

"우리에겐 희망이 있어요. 희망이 있는 한 이길 수 있습니다."

최면을 걸 듯 유은혜가 말했다.

그리고 모든 파티원이 그녀의 뜻에 동조했지만, 김유라와 김민지는 전혀 다른 기색을 내비쳤다.

특히 김유라의 눈빛은 복잡하기 그지없었다.

"대공……."

나는 성의 중심부인 시계탑 위에서 모든 상황을 지켜보고 있었다. 내 감각은 천지에 닿아 주변에서 행해지는 모든 것을 하나도 빠지지 않고 읽어내는 게 가능했다.

'우파가 힘을 쓰는 데 주저함이 없군.'

아리엘 디아블로와 전쟁 중인 녀석, 우파 블레넌. 어느 정도 전력이 들통나 있으니 거리낌도 없다는 건가? 그래도 나는 순수하게 감탄할 수밖에 없었다.

'전생의 힘을 대부분 찾았어.'

지금 우파가 행한 이적은 모두 전생에서 한 번 겪은 것들이다. 그때나 지금이나 수준의 차이는 별반 없는 듯싶었다. 어느 사이에 이만한 변화를 이룬 걸까?

'초월자의 벽을 넘으면 거대성 블레넌도 소환할 수 있을 테지.'

그나마 다행인 점이라면 대공들은 초월자에 근접했을 뿐 진정한 초월자는 없다는 것. 우파도 마찬가지였다. 그 가공할 성 '블레넌'을 소환하기엔 자격이 갖춰지지 않았다는 말이다.

블레넌…….

생각만 해도 진절머리가 처지는 공포의 거성이었다.

마계에서 제일 큰 산을 깎아 만든 것이니 그럴 만도 했지만, 그곳에 우파가 탑승하면 아무도 막을 수가 없었다.

'힘을 제대로 보이지 않는 건 판데모니엄뿐이로군.'

아리엘조차 자신의 기사단을 이끌고 파죽지세로 천사들을 도륙하고 있었다. 저 순백의 기사들은 모이면 모일수록 강해지는 것 같았다. 게다가 아직 모두 성장한 게 아니라서 완전체가 된다면 어떨지 자못 기대가 되기도 하였다.

반면 판데모니엄은 천사를 제거하는 데 적극적이지 않았다. 나를 견제하듯 성 주변에서 잘 나가지조차 않았다.

"내가 도망이라도 간다고 생각하는 것이냐, 판데모니엄."

얕게 웃고 말았다.

이번 판은 내가 만들었다. 당연히 내가 빠질 수 없는 노릇이다.

나를 감시하고자 지근거리에 마수들을 남겨놓기도 하였다.

"헥헥! 마스터! 마스터!"

돌연 익숙한 목소리가 지척에서 들려왔다.

고개를 돌리자 이히가 헐레벌떡 내 쪽을 향해 날아오는 중이었다.

"무슨 일이지?"

즉시 마력으로 주변의 모든 것을 차단시켰다. 감시의 눈이 있는지라 그럴 필요가 있었다. 혹여 내가 지시한 '그 일'이 적들에게 전해지면 여간 골치가 아파지는 탓이다.

이히는 한 손으로 이마를 닦아내곤 작은 입을 열심히 열었다.

"마스터, 방금 이히한테 통신이 왔는데요. 그니까 크리슬리한테서요. 이히가 들은 그게 뭐냐면요⋯⋯."

"뜸 들이지 말고 말해라."

"달의 마법사를 포획했대요."

"그렇군."

고개를 끄덕였다.

달의 마법사!

역시나 생각대로였다.

우파가 이곳까지 불안정한 달의 마법사를 데려올 리 없다고 생각했고, 위치를 추적하여 나는 꽤 긴 시간 동안 달의 마법사를 잡고자 계획을 세웠다.

다행히 그 계획이 통한 듯싶었다.

달의 마법사에게마저 통했다면, 이후의 일은 일사천리다.

'저들이 바라는 게 무엇인지 확실하지는 않으나⋯⋯.'

대공들이 말한 특수 이벤트. 나는 아직 그게 무엇인지 정확히 알지 못한다. 저들이 불안해하고 나를 원하는 이유의 명확한 목적을 모른다. 그렇기에 불확실한 부분이 분명히 있었다.

하지만 적어도 내가 인지하고 바라는 것들은 하나하나 손에 넣어가고 있었다.

나는 지평선 너머를 바라봤다. 쉴 새 없이 공간이 일렁였다. 짙은 연기, 피의 향연이었다. 천사들은 밀리고 있었다.

우파와 아리엘의 공세는 매우 가팔랐다. 이대로 천사들이 멸하면 하쉬도 위협을 받는다. 걱정을 할 법도 하지만, 나는 전혀 개의치 않았다.

'천사들도 멍청이는 아니지.'

이대로 밀린 채 끝날 리 없다는 걸 나는 알고 있었다. 하쉬를 통해 알게 된 천사들의 일면. 숨겨둔 비장의 수는 제법 있었고 그로 인해 마족들은 상당한 피해를 입을 것이다.

나는 품을 뒤졌다.

곧 날카로운 화살촉이 만져졌다.

이면 세계로 향했을 때 0001이 건넨 아이템.

레전드(Legend) 등급 '달의 화살'이다.

달의 마법사, 정확히는 중급신 '구스타르테'를 속박하기 위한 필수적인 아이템이었다. 이 화살이 무슨 작용을 할지는 몰라도 효과가 없지는 않을 터. 속박에 성공했다면 나도 움직일 차례였다.

"잠시 자리를 비워야겠다."

"예? 그러기엔 주변 시선이 조금 따갑지 않을까요? 이히는 그렇게 생각해요⋯⋯."

나를 감시하는 감시자들. 판데모니엄 외에 다른 대공들도 숫자의 차이만 있을 뿐 휘하 세력을 남겨두고 떠났다. 나를 읽는 게 가장 어렵다는 걸 그들도 알고 있는 것일 테다.

그러나 움직이지 않을 수도 없었다.

"오스웬을 불러라. 나머지는 그가 알아서 해줄 것이다."

"예, 마스터. 부르기만 하면 되나요?"

이히가 고개를 갸웃했고 나는 그런 이히의 어깨를 약하게 두드렸다.

"잘해낼 것이라 믿는다."

파앗!

나는 텔레포트 주문서를 꺼내어 찢었다. 마력의 흐름을 차단시켜 두었으나 이 주문서는 급이 다른 특제였다. 멀리까지 이동하지 못한다는 단점이 있지만 마력의 흐름을 어지르지 않고 조용히 이동할 수단으로는 이것뿐이 없었다.

잠시 후 조용히 내 모습이 사라져 갔다. 그런 나를 당황한 눈초리로 바라보는 이히만 내버려 두고서 말이다.

"마스터?"

이히가 눈을 깜빡였다.

텔레포트 스크롤을 썼다는 건 알겠다. 문제는 워낙 창졸지간에 일어난 일이라는 것이다.

"히잉, 별말씀도 없이 어딜 가셨지?"

이히는 입술을 쭉 내밀었다. 가타부타 말도 없이 '믿는다'는 한마디만 남기고서 사라졌다. 그야 믿는다니 이히로선 절로 어깨가 으쓱하지만 무엇에 대한 믿음인지는 알아야 할 것 아닌가.

"아! 이럴 때가 아니야. 오스웬한테 말하면 된다고 그러셨지?"

손뼉을 치며 이히가 재빨리 날개를 움직였다. 어쨌든 오스웬을 만나면 모든 전말을 알 수 있게 되리라는 작은 희망을 갖고서.

오스웬은 성의 지하 창고에서 잠시 앉아 휴식을 취하는 중이었다.

"오스웬! 이 죽다 만 시체야!"

"이미 죽어서 해골밖에 안 남은 이한테 죽다 말았다니…….
말이 심합니다, 요정님."

"그게 아니라 마스터께서 이히를 너한테 보내셨어."

"왜요?"

"이히도 몰라. 마스터가 갑자기 어디로 가셨거든."

이히가 고개를 저었다.

안 그래도 답답했는데 오스웬도 짐짓 모른다는 표정이다.

"너도 모르니?"

잠시 고민하던 오스웬이 팔짱을 꼈다.

"대충 짐작은 갑니다만, 요정님이 잘해낼 수 있을지…….."

"뭐야, 이히는 전부 다 잘할 수 있거든?"

"그래요? 그럼 참 다행입니다. 요정님이 마스터의 흉내를 내셔야 하니깐 말이지요."

"응······?"

"변신해야 합니다. 그래야 적들이 속지 않겠습니까? 마스터의 빈자리를 느끼면 저들이 무슨 짓을 저지를지 모릅니다."

이히의 눈이 큼지막하게 커졌다.

그 반응을 본 오스웰이 씨익 웃었다.

"설마 자신 없으십니까?"

"아, 아니, 이히는 자신 있는데. 그런데 이히는 이렇게 작은데 어떻게 마스터의 흉내를 내니?"

"그야 다 방법이 있지요."

"방법이 있어?"

"제가 누굽니까, 마스터의 왼팔 오스웰입니다. 물론 오른팔은 요정님이시죠. 하여간 아무도 눈치채지 못하게, 완벽하게 요정님을 마스터처럼 만들어 드리겠습니다."

잠시 후 오스웰이 창고에서 책 하나를 꺼냈다.

"이 책엔 마스터에 대한 정보가 꽤 자세하게 적혀 있습니다. 더불어서 이 책에 적힌 인물로 잠시 변하게도 만들어줍니다."

"으, 응······."

"그럼 시작해 볼까요?"

오스웬이 책을 펼쳤다. 그리고 몇 마디 주문을 외우자 이히의 주변으로 회색빛이 감돌았다.

약 3분여 후, 이히는 랜달프 브뤼시엘과 흡사한 외견을 가지게 되었다.

마력의 흐름도 흡사 비슷하게 보였다. 질 떨어지는 마수쯤은 속일 수 있으리라 사료되었다. 정작 그 역할을 해낼 수 있을지는 미지수지만…….

나중에야 오스웬이 이 역할을 해도 되었다고 생각한 이히였지만 이미 엎질러진 물이었다.

달의 마법사, 구스타르테는 강하다. 그럴 수밖에 없다. 그는 신이니까.

신.

유일무이한 존재, 불멸자, 신성 등등으로 불리는 자.

필멸자는 볼 기회도 없고 싸워도 이길 수 없는 게 당연시된다.

하지만 구스타르테는 필멸자에게 조종당하고 있었다. 지극히 불안정하지만 자아를 반쯤 잃었다. 말인즉, 완전한 신에서 반쯤 동떨어지게 되었다는 뜻이다. 신은 유일무이하기에 신이다. 그 정신 또한 온전해야 함이었다.

구스타르테가 필멸자와 불멸자의 중간 지점에 놓였다고 한다면 말이 쉽다. 그러니 필멸자라도 상대하지 못하란 법은 없었다. 방법의 문제다.

위치는 파악됐고 크리슬리는 강력한 마수들과 함께 움직였다. 모든 최상급 마수와 기동력이 좋은 상급의 마수를 긁어모았다.

그리고 그리니치 천문대에 모든 대공이 모인 순간 행동을 개시했다.

구스타르테는 마족 하나와 함께 있었다.

백작 라키칸!

우파의 듬직한 부하 마족 중 하나이며 그가 거느리는 마수 군단도 제법 상위의 것이었다.

"외부로 통하는 모든 마력을 차단하겠습니다."

크리슬리가 말했다. 그녀는 작은 병 하나를 품에서 꺼냈다. 그 뒤 병의 마개를 열고 가루를 지상에 흩뿌렸다.

허공에 흩어진 가루들은 사방으로 퍼져 나가며 이내 이어지더니 보이지 않는 얇은 벽을 만들었다. 그 길이가 수십 km에 달했다.

"제 마력을 사용하면 지속 시간은 3시간. 그 안에 구스타르테를 유인해야 합니다."

"한다. 이긴다!"

가장 먼저 답한 건 티탄이었다. 그 주변으로 백여 마리의 마수가 알아들었다는 듯 발을 굴렀다. 히드라 역시 뒤에 있었다.

이어 크리슬리가 지팡이를 들었다.

지금과 같은 작업이 필요한 이유는 간단하다.

외부로의 통신을 막기 위함이다. 혹여나 일이 벌어졌을 때 우파에게 백작 라키칸이 수정구로 통신을 보내면 일이 틀어질 가능성이 있기 때문이다.

만에 하나의 가능성까지 염두에 두고 움직여야 했다.

신중하게. 반드시 성공시켜야만 하는 임무다.

이 가루의 가격도 어마어마했다. 던전 마스터조차 상당히 큰 출혈을 감수했다고 스스로 말할 수준이었다.

실패하면…… 당연히 리스크가 너무 크다.

당장 그리니치 천문대가 위험했다. 그곳은 현재 던전 마스터를 보필할 마수의 숫자가 현저히 부족했다. 거의 모든 최상급 마수가 이곳에 있는 탓이다.

자신이라도 있으면 좋겠지만 던전 마스터는 이번 일이 성공하는 게 자신을 도우는 것이라고 말했다.

그렇다면 반드시 성공시킨다.

"척살 대상 일 순위는 마족 라키칸입니다. 명심하세요."

크리슬리의 눈에 불이 들어왔다.

그녀가 이어서 말했다.

"그럼, 시작하죠."

쿠오오오오!

히드라의 머리 아홉 개가 일제히 포효했다.

쿵! 쿵!

다른 마수들 또한 전진하였다.

백작 라키칸.

놈의 군단이 제아무리 강하다고 하더라도 지금 이곳에 모인 백 마리만 못했다.

달의 마법사라는 변수가 있기는 하지만, 라키칸만 빠르게 없앨 수 있다면 통제를 잃고 적아의 구분이 사라진 놈이 날 뛸 것이다. 그 뒤는 유인만 잘하면 되었다.

'모든 것은 나의 던전 마스터를 위해서.'

크리슬리가 든 '죽음지팡이'가 주인의 뜻에 동하듯 요동 쳤다.

백작 라키칸.

우파의 휘하 마족이며 서열 5위를 차지하고 있었다.

거의 공작 다음으로 총애받는 자리에 있다는 뜻.

하지만 중요한 회의에 참석하지 못했다. 달의 마법사 구스 타르테를 조종해야 하기 때문이다. 혼자 놔뒀다간 무슨 일을 벌일지 모르기에 감시자가 꼭 필요했다.

서운하긴 했지만, 이것도 회의에 참석하는 것만큼이나 중요한 일임을 라키칸은 인지하고 있었다.

"아쉬운 건 어쩔 수 없군. 꽤 재미난 상황이 되고 있을 것 같은데 말이야."

작은 성에 앉아 라키칸은 포도주를 홀짝였다. 무료하기 그지없었다. 어차피 대부분 마족이 그곳에 모일 건 자명했고, 이곳의 위치를 아는 적대 마족도 없어서 그가 할 것이라곤 이렇게 포도주나 홀짝대는 게 전부였다.

"조금만 상황을 보고 올까……? 끄응, 이런 일은 하위 마족 놈들에게 맡기면 되었을 것을."

본심은 그와 같았다. 어차피 적이 쳐들어올 가능성 따위는 어디에도 없었다. 그저 구스타르테를 제어하기 위한 안전장치가 필요할 뿐이다. 군이 이런 일에 자신 같은 고위 마족을 쓴다는 게 자못 이해는 안 됐다.

"우파 님의 깊은 속뜻을 내가 알 리는 없지만 따분한 건 어쩔 수가 없으니."

남아 있는 포도주를 단번에 들이켰다.

그리고 그의 앞에선 무투회가 열리고 있었다.

취익!

크르르륵!

오크 로드와 버그 베어의 사투!

레벨로만 따지면 버그 베어가 상급 3Lv로서 1레벨 더 앞서지만 성 내부는 공간의 활용이 더욱 중요했다. 그리고 지리적 이점을 활용하여 오크 로드가 살짝 앞서는 상황이 만들어지고 있었다.

그 주변으로 수많은 마수가 모여 둘의 싸움을 지켜보는 중이었다.

이것도 여흥이다. 어차피 할 것도 없으니 이런 거로라도 시간을 때울 셈이었다.

"이기는 놈은 바라는 것 한 가지를 이뤄줄 것이다. 암컷이든, 무기이든, 던전의 더욱 넓은 장소이든 말이다."

라키칸이 작게 미소 지었다.

마수들은 사들이면 그다음부턴 무보수로 일하지만, 그렇다고 마수들이 바라는 게 아예 없는 것은 아니었다.

그중에는 암컷, 혹은 던전 내 더욱 높은 층의 땅을 바라는 경우가 제일 많았다. 아무래도 최상층과 가까울수록 마력의 함량이 많고 순수하기 때문일 것이다. 더욱 안전하기도 하고 번식에 힘을 쓸 수도 있다. 더불어서 자신의 총애를 받고 있다는 뜻과 일맥상통했다.

마왕의 좌에는 대공 우파가 앉을 테지만 그 왕을 보좌하는 최측근의 존재로서 라키칸 자신이 선택받는다면 지금 이 던전 내의 마수들도 앞길이 활짝 열리는 것과 같았다.

부족을 중시하는 종족은 마계의 더욱 넓은 땅을 하사받을 것이고 그만한 안정을 보장받을 수 있었다. 그저 종족 번식에만 눈이 먼 놈이라면 평생 그 짓만 하고 살게 해줄 수도 있었다. 여러모로 마수들도 꿈이 있다는 뜻이다.

좌악!

그어어어어!

사투 끝에 오크 로드가 버그 베어의 눈을 베어냈다. 즉시 상체를 차고 올라타 오크 로드가 버그 베어의 목을 베어냈다.

좌륵!

툭!

버그 베어의 머리가 바닥을 굴렀고 곧 거대한 몸체가 땅에 떨어졌다.

"이름이 무엇이냐? 머릿속에 박아댈 생각밖에 없는 버그 베어와 달리 이름 정도는 있을 테지."

"철을 먹는 사자, 입니다."

오크 로드는 꽤 지능이 높은 축에 속한다. 말도 곧잘 할 수 있었다.

"철을 먹는 사자야, 내가 연 작은 연회에서 넌 몇 번이나 승리했고 이제는 바람을 이룰 시간이다. 무엇을 바라느냐?"

"빨간 늑대, 부족을, 떨어뜨려, 주십시오."

"빨간 늑대 부족?"

"저희, 철의 사자, 부족과 대치하는 오크 부족입니다."

라키칸이 턱을 쓸었다.

이런 경우도 없지 않아 있기는 했다.

솔직히 라키칸의 입장에서 부족이 뭐든 오크는 오크였다. 서로 대치하는 걸 바라지는 않지만 이런 식으로 떨어뜨려 놓는 것도 애매한 일이었다.

철저한 약육강식의 세계인 던전에서 이런 식으로 부탁하는 건 다소 명예 없어 보이는 행위이기도 하였다.

그만큼 서로 가진 힘이 비슷하고 결판이 쉽게 나지 않는다는 의미겠지.

'안 들어줄 수도 없군.'

그러나 이미 내뱉은 말이다. 마족답게 모른 척할 수도 있지만 이 심심함을 잠시나마 잊게 해준 상으로서 저 정도는 들어줄 수 있을 것 같았다. 부족을 몰살시키는 것도 아니니.

"좋다. 빨간 늑대 오크 부족의 자리는 앞으로 6층이 될 것이다. 반대로 너희 철의 사자 부족은 14층에 배치해 주마."

"감사…… 합니다!"

라키칸이 가진 던전은 총 20층으로 이루어져 있었다. 그중 14층이라 함은 상당한 고급 마수가 아니면 발을 들일 수 없는 장소였다. 대단한 보상이었고 이에 오크 로드는 감격한 듯싶었다.

'마계로 돌아가면 따로 던전을 만들어 봐야겠군.'

라키칸은 얇게 웃었다. 던전을 운영하는 재미가 제법 쏠쏠했던 것이다. 마계에 있을 당시에는 왜 몰랐을까 싶다.

쿠웅!

던전이 흔들렸다.

"······무슨 일이냐?"

누군가의 공격임을 단박에 알아보았다.

하지만 이상한 일이었다.

비상 장치가 하나도 작동하지 않았다.

이곳에 모인 모든 마수가 꿀 먹은 벙어리가 되었다.

"쿵쿵! 무슨 일이냐고 물었다!"

인상을 쓰며 라키칸은 요정을 불렀다.

쿵쿵이라 불린 요정이 허공에서 나타나 코에 손을 댄 채 말했다.

"쿵! 저, 적이 쳐들어, 쿵! 왔어요!"

"적이? 상황을 보여라."

"쿵쿵! 잠깐만요!"

요정 쿵쿵이가 묵직한 수정구를 가지고 왔다. 잠시 후 수정구가 밝혀지며 침입자의 영상이 그곳에 비쳐 보이기 시작했다.

동시에 라키칸의 얼굴이 잔뜩 구겨졌다.

"……대공께 연락해야겠다."

"그, 그게, 외부로 마력이 흘러나가지 않아요, 킁!"

"뭐?"

"킁!"

킁킁이가 안절부절 못하며 몸을 틀어댔다. 더는 할 말이 없는 게 사실이었다.

라키칸은 이마를 짚었다. 무슨 수작을 부렸는지는 몰라도 외부로 마력이 새는 걸 방해하고 있는 모양이다. 수정구로의 연락이 불가능해졌다.

다른 방법은 없었다. 마계 옥션에서 이럴 때 필요한 아이템 몇 가지를 팔았던 것 같지만 구매하지 않았다.

"어쩔 수 없지……. 모든 마수를 모아라. 따로 각개격파당하면 답이 없다."

라키칸이 결단했다.

지금 쳐들어온 적은 간간이 들어오는 인간들 따위와는 격이 달랐다. 모든 마수를 모은 대도 막을 자신이 없었다.

자연스럽게 라키칸의 시선이 한곳을 향했다.

'구스타르테의 봉인을 풀어야 할지도 모르겠어.'

자신의 던전 내에서 그런 일이 벌어졌다간 그 여파가 어찌 될지 아무도 모르지만 당장 던전을 적에게 뺏기는 것보단 나았다.

무엇보다 지금 던전을 치는 적은 결코 좌시해선 안 될 녀석이었다.

마계 옥션에서 본 적이 있는 다크 엘프.

이름이 크리슬리라 하였던가?

그리고 크리슬리를 대동한 마족은 하나뿐이었다.

'랜달프 브뤼시엘!'

이런 식으로 뒤통수를 칠 준비를 했을 줄이야.

의도적이라면 그 목적은 무엇일까?

"빨리!"

"넵! 쿵."

라키칸이 바드득 이를 갈았다.

적이 내 앞뜰에 처들어온 걸 뻔히 알고도 막을 수 없을 때 그 기분은 어떨까? 그다지 관심은 없지만 크리슬리는 약간의 동정심을 가졌다.

이만한 군세. 던전 마스터의 전력 중 절반 이상을 끌고 왔으니 라키칸이 아무리 철저히 방어했대도 막을 수 있을 리가 없다. 이 정도면 공작, 더 나아가 대공의 던전까지 위협할 무력이다. 모든 대공의 던전을 찾고 다른 던전을 둘러본 크리슬리였기에 확신할 수 있었다.

총 20층의 던전 중 절반 이상을 뚫고 지나가는 데 1시간이 걸리지 않았다. 말이 1시간이지 그냥 빠르게 지나가는 것과 다를 바가 없었다.

"잔재주는……."

크리슬리가 던전의 외벽을 바라보며 혀를 찼다. 던전에서 빠져나와 하늘을 날아가는 마수를 발견한 탓이다. 필시 대공 우파에게 소식을 전하기 위함이리라.

그를 가만히 두고 볼 크리슬리가 아니다.

지팡이를 들어 휘두르자 검은색 까마귀가 나타나 빠르게 날아갔다. 이어 던전을 빠져나온 공중형 마수 몇 마리를 순식간에 낚아챘다. 이로써 외부와의 통신을 다시 한 번 완벽하게 끊어낼 수 있었다.

'시간문제. 남은 건 구스타르테를 어떻게 유인하느냐.'

애당초 라키칸의 방어 따위는 안중에도 없었다. 크리슬리가 유념하고 집중하는 건 오로지 달의 마법사 구스타르테뿐이었다.

던전 마스터는 주의하라고 했다. 몇 번을 방비해도 부족한 상대라고 하였다. 던전 마스터가 그리 말했다면 상대는 아주 강력하기 짝이 없을 터였다.

때문에 신중하게 움직일 필요가 있었다. 만에 하나의 가능성조차 지우며 확실하게 놈을 유인하고, 잡아야 한다. 처음부터 그러기 위해서 이곳에 왔으니 말이다.

어느 정도의 희생은 감수한다. 하나 최소의 피해로 목적을 달성하는 것 역시 중요했다.

이곳에 모인 군세는, 던전 마스터가 가진 무력의 상당수를 차지하고 있었다. 모두 잃는다면 그 타격은 이루 말할 수 없을 것이다. 적어도…… 던전 마스터가 수세에 몰리게 될 것임은 자명했다.

설령 그런 일이 일어난대도 그 모든 역경을 딛고 일어설 것이라 믿어 의심치 않지만, 굳이 그런 상황을 만들 필요는 없지 않은가.

최선을 다해 최상의 결과를 내면 되는 것이었다.

콰르릉!

던전이 크게 요동쳤다. 최상급 마수들과 라키칸의 군세가 드디어 격돌한 모양이었다.

'슬슬 준비해야겠어.'

크리슬리가 품에서 작은 돌들을 꺼냈다. 자신의 마력을 모아놓은 마력석이다.

죽음의 왕 가낙. 크리슬리는 그의 힘을 이어받았다.

하나 그의 힘은 상당히 특이했다. 특별한 상황이 아닌 한 이처럼 마력을 모아둬야 하는 것이다. 억지로 무리하면 그만큼 타격이 컸다.

각성한 뒤 조금씩 모아두고 있었는데 이번 일에 모두 풀어 낼 작정이었다. 어지간한 최상급 마수조차 일격에 쓰러뜨릴 양의 마력이었다.

그것을 바닥에 뿌려 진을 만들었다. 총 세 개의 진을 만들고 그 가운데 지팡이를 꽂았다.

간결하지만 준비는 끝났다. 이제 전투가 끝나기만을 기다리면 되었다.

'몇 분이나 버틸까? 10분? 20분?'

순수 무력으로 밀어붙이는 방법이다. 썩 좋아하진 않지만 이처럼 효율적인 것도 없다.

던전 마스터가 이런 식으로 빠르게 점령할 수 있음에도 하지 않은 건 오로지 효율을 중시해서다. 던전이 많아봤자 모두 관리하기도 어렵고 이런 식으로 한두 개씩 점령해 가면 상대 대공에게 걸리지 않는 게 이상해지니 말이다.

그리고 크리슬리의 예상은 크게 빗나가지 않았다.

15분 뒤, 던전 내부를 울리던 소리가 잠잠해졌다. 전투가 끝난 것이다. 적이 살아 있는데 공격을 멈출 마수들이 아니었다.

'이제 구스타르테만 유인하면 돼.'

계획의 절반은 성공한 것과 진배없다.

한데, 그 찰나…… 크리슬리는 이맛살을 구겼다.

방대한 마력의 흐름을 읽었기 때문이다. 마력은 매우 순수하고 강렬했다. 던전을 지키는 보호막마저 일거에 깨뜨릴 정도로!

콰릭!

짧지만 굵은 소리.

순간 20층이 흔적도 없이 사라졌다.

하늘이 까맣게 물들었으며 어느덧 거대한 달이 그곳에 수놓아져 있었다.

구스타르테의 봉인이 풀렸음을 의미했다.

쿠아아아앙!

가장 먼저 던전의 최상층에서 떨어진 건 티탄이었다. 거대한 거구가 바닥에 박히자 지진이라도 난 듯이 대지가 일렁거렸다.

죽은 듯 숨도 쉬지 않았고 가슴의 기복도 없었다. 팔은 한 짝이 사라져 있었다.

"대체?"

구스타르테가 벌인 일임에는 분명하였거늘. 이런 파장이 생기리란 예상은 못했다.

이윽고 최상급의 마수들이 날뛰기 시작했다. 그리핀이 줄곧 번개와 화염을 내뿜었고 히드라는 순식간에 일곱 개의 머리가 잘려 나간 뒤 겨우 수복했다.

라키칸이나 그의 휘하 마수는 어디에도 보이지 않았다.

'안 되겠어.'

이쯤하면 더 이상 주변 마력을 차단시킬 필요가 없었다. 주변에 흩뜨려놓은 마력을 모두 회수한 뒤 크리슬리가 세 개의 진에 힘을 쏟아부었다.

예상치 못한 일이지만 아예 상정하지 못한 경우는 아니다.

어차피 구스타르테가 나타나면 모두 크리슬리가 있는 곳으로 이동하게 지시해 두었다. 마수들은 잠시 흥분했으나 금세 정신을 되찾고 조금씩 발을 빼기 시작했다.

크리슬리는 모든 마력을 끌어올린 뒤 품에서 다시금 작은 돌멩이 하나를 꺼냈다.

특수한 소재로 만든, 던전 마스터가 직접 건넨 비밀 병기다. 받은 지 얼마 되지 않았으나 여기에 걸 수밖에 없었다.

'통한다면 마수들이 빠져나올 시간은 벌 수 있다.'

세 개의 마법진이 빛을 발했다. 마력이 폭발하듯 순식간에 증폭했다. 크리슬리는 그 마력을 유도해 이 작은 돌멩이에 담았다. 돌멩이는 게걸스럽게 마력을 먹어 치웠다.

"태양과 달의 여왕."

모든 마력을 돌멩이가 집어삼켰을 때, 크리슬리는 말했다.

자신이 가진 최강의 스킬.

태양과 달의 여왕(Epic)!

두 가지 상반된 마력이 돌멩이에 더해지자 돌멩이가 타오르고 식는 것을 수없이 반복하였다.

이제는 크리슬리도 제어할 수 없을 정도의 마력이 돌멩이에 담겼다.

계속해서 가만히 있다간 그대로 터져 버리고 말 터.

크리슬리는 구스타르테에게로 시선을 돌렸고, 오로지 구스타르테를 향해 스킬을 발동시켰다.

지이이이이이이이잉!

곧 돌멩이에서 레이저와 같은 빔이 튀어나오며 엄청난 속도로 구스타르테에게 당도했다.

쇄아아아아아아!

마법을 난사하던 구스타르테가 순간 멈칫했다.

평범한 물리 공격은 모두 무효화시키고 어지간한 스킬도 무시하던 것과는 매우 상반된 모습이었다.

돌멩이에서 쏟아진 마력은 정확히 구스타르테를 속박할 정도의 공간만 태우고 얼렸다. 눈 깜빡할 사이에 그러한 과정을 숱하게 반복했다.

'효과가 있어.'

돌멩이의 힘이다. 돌멩이가 없었다면 잠시 움찔하게 만드는 정도에서 그쳤을 것임을 크리슬리는 본능적으로 깨달았다.

"흩어져!"

구스타르테의 움직임이 멈추자 마수들이 급히 발길을 옮겼다. 작전대로 던전을 빠져나가야 했다. 기동력이 좋은 마수만 남겨둔 채 말이다.

'조금만 더……'

시시각각, 구스타르테의 움직임이 아주 조금씩 되살아나고 있었다. 이대로는 수십 분 버티는 게 고작일 것이었다. 그러나 더 이상은 방법이 없었다. 그저 시간이 맞아주길 바랄 뿐.

마수들이 던전을 탈출하는 데 성공했다. 그와 동시에 구스타르테가 거동하였다. 기적과 같은 순간이었고 손에 땀을 쥐는 장면이었다.

이후 지상형 마수들은 뿔뿔이 흩어지게 만들었으며, 오로지 기동력이 좋은 공중형 마수만을 남겨둔 채로 구스타르테를 유혹하고자 안간 애를 썼다.

본 드래곤의 속도로 구스타르테를 아슬아슬하게 뿌리쳤다는 던전 마스터의 말이 있었기에 선택지는 적었지만 그렇다고 없지도 않았다.

적어도 그리핀, 와이번 킹은 구스타르테와 어느 정도의 속도전을 펼칠 수 있으리라. 여기에 본 드래곤도 한 기 있었다.

이만한 전력으로 도망을 가야 한다는 게 웃기는 일이지만 상대가 상대이니 아쉬움을 뒤로한 채 유인하는 데에만 집중했다.

'됐어.'

그리고 크리슬리의 작전은 꽤 시원하게 들어갔다.

구스타르테는 정말 자아를 잃은 듯, 생각도 없는 것 같았다. 뻔히 유인하는 게 보이는데도 멈출 기미가 없었다.

목표한 장소에는 작은 돌멩이 수백 개가 곳곳에 묻혀 있었다.

여기서 구스타르테에게 회심의 일격을 먹일 셈이었다.

돌멩이 하나와 자신의 마력으로 수십 분간 구스타르테의 움직임을 봉했으니, 이 정도 숫자라면 반영구적 봉인도 가능할 것이었다.

'신에게도 통하는 물건이 그 거대 슬라임일 줄이야.'

크리슬리가 그리핀의 등에 탄 채 얌전히 따라오는 구스타르테를 바라보며 피식 웃었다.

거대 슬라임.

한때 골칫거리가 되었고 공작의 던전에 큰 문제를 안겨주었으며 지금은 던전 마스터의 갑옷으로 만들어진 그 녀석.

탐욕!

부스러기만 남은 잔재를 주워서 분열시키고, 담았다. 그것이 돌멩이의 정체다. 어찌 보면 가짜 탐욕의 찌꺼기라 할 수 있을 텐데, 그것이 구스타르테에게 꽤 효과가 있을 줄이야.

일전 던전 마스터가 구스타르테와 맞붙었을 때 갑옷만은 크게 상처가 없는 걸 이상하게 여겼다고 했다. 그에 착안하여 대항마로 만들어낸 물건이었다.

새삼스럽지만 대단한 행동력이었다. 만들었지만, 만에 하나 통하지 않았다면 피해가 막심할 텐데도 주저 없이 실행했다. 그 부분은 정말 존경스러웠다.

'성공했다.'

크리슬리가 고개를 주억였다.

마침내 원하는 장소로 목표를 유인하는 데 성공한 것이다.

피해가 없지는 않았지만 이 정도면 꽝장히 선방했다고 말할 수 있었다. 이제 봉인에만 성공하면 모든 게 완벽했다.

거대한 산맥에 들어선 크리슬리는 발동어를 생각했다. 산맥 전체에 심어진 수백 개의 탐욕을 발동시키는 주문이었다.

그리고 그 주문은 생각보다 간단했다. 이미 돌멩이의 마력은 크리슬리와 접속해 있는 탓이다.

이윽고 크리슬리가 입을 열었다.

"발동."

쏴아!

산맥 전체가 붉게 물들었다. 수백 개의 돌덩이에서 튀어나온 강렬한 빛이 구스타르테를 압박했다. 마력을 흔들고 탐욕스럽게 집어삼키는, 오로지 구스타르테를 저격하기 위한 마법진.

결과는 대성공이었다.

나는 가만히 팔짱을 꼈다. 그리고 자리에 쓰러진 채 들썩대는 구스타르테의 면상을 바라봤다.

하늘의 밤은 걷혔다. 달은 빛을 잃었다. 구스타르테도 전의를 상실한 채 몸만 떨어대고 있을 따름이었다.

"오랜만이로군."

그러며 피식 웃었다.

어차피 대답을 바란 건 아니다.

신도 지상에 떨어지니 필멸자와 크게 다를 바가 없어 보인다. 부들부들 몸을 떨고 있는 게 꼭 젖 뗀 지 얼마 안 된 새끼양과 같았다.

'모든 마력의 흐름을 차단했음에도 신으로서의 자각을 되찾지 못하는 건가?'

불현듯 든 의문이다.

이는 즉, 마력의 간섭으로 구스타르테를 옭매인 게 아니라는 의미. 어떻게 신을 조종하는지 큰 의문이 들었다.

이면 세계에서 만난 거대 토끼, 0001은 '오염'이라고 표현했다. '프로그램'이라는 인간들이 쓸 법한 단어도 입에 담았다. 그게 단순히 마력을 의미하는 건 아니었던 모양이다.

조금 더 다른, 일반적이지 않은 방법이 있으리라.

그건 신의 비밀에 근접해 있을 것이고 우파는 신의 과실을 맛보는 데 거의 성공했다는 의미였다.

전생에선 없던 일.

최강자는 아리엘 디아블로였다.

하지만 이번 생에선 오쿨루스가, 우파가 이변을 일으켰다.

다행히 오쿨루스는 내가 나서서 직접 처벌을 하였으나, 만약 이와 비슷한 일이 또다시 생긴다면 우파를 공격함에 있어서 매우 신중해질 수밖에 없다.

"고생했다."

고개를 들고 크리슬리를 바라봤다.

"당연히 해야 할 일을 했을 뿐입니다, 나의 던전 마스터시여."

힘든 기색을 애써 뒤로한 채 크리슬리가 답했다. 파리한 안색이 곧 쓰러질 것처럼 보였다. 다른 마수들도 마법진 내에서 무사하진 못한 듯 반쯤 목을 꺾고 있었다.

나는 인피니티 아머의 덕분으로 큰 영향이 없었다. 수차례 실험하며 확인한 현상이다. 아무래도 탐욕의 본체가 인피니티 아머에 들어 있어서 그런 듯싶었다.

"피해 상황은?"

"기간테스가 사망했고 상급 마수 삼십 정도를 잃었습니다. 중상을 당한 마수는 20여 마리. 사망한 마수를 제외한 모든 마수가 탈출하는 데 성공했습니다."

호!

입이 자연스럽게 호선을 그렸다. 이 정도면 대성공이다. 솔직히 절반 이상 잃을 것이라 지레짐작하고 있었다. 그게 당연한 임무였으니.

그런데 보란 듯이 한참 아래의 피해로 임무를 성사시켰다.

역시 크리슬리는 매우 쓸 만한 부하였다.

그래도 기간테스의 죽음은 혀를 한 번쯤은 차게 만들었다.

"꽤 충직한 녀석이었는데, 아쉽게 됐군. 녀석의 시체는 근원의 나무 바로 옆에 묻어주도록."

크리슬리가 한쪽 무릎을 바삐 꿇었다.

"명을 받듭니다, 나의 던전 마스터시여."

"나머지 마수들도 자리를 만들어 편하게 보내주어라."

"예……!"

크리슬리의 표정에서 기쁨이 흘러나왔다. 마수들을 대하는 내 자세가 바람직했기 때문일까?

어쨌거나 이번 성과는 매우 훌륭했다.

훌륭한 성과를 낸 이들에겐 그만한 보상이 있어야 하는 법.

근원의 나무 근처에 자리를 내는 것쯤은 그중에서도 기초 중에 기초였다.

근원의 나무에 묻혀 장례를 치르는 게 마수들 사이에선 굉장히 영광스럽게 여겨지고 있다고 한다. 언제부터인가 내가 허락한 이가 아니면 누구도 안 된다고 규율을 정해놨다고.

덕분에 이런 식의 생색을 부릴 수 있게 되었다. 나로선 환영할 일이었다. 따로 수고가 들어가는 것도 아니었으므로.

'중간 계급의 신, 구스타르테.'

나는 품에서 달의 화살을 꺼냈다. 탐욕으로 인한 결과는 반쯤 얻어걸린 거지만 이 화살은 확실하게 효과가 있을 것이다. 무슨 효과가 일어날 지는 미지수이나 레전드 등급은 신에게마저 통하는 듯싶었다.

부르르르!

화살의 촉이 가늘게 떨렸다.

'오류'를 풀 수 있는 키가 이 화살촉에 들어 있다고 했다. 과연 0001의 말처럼 구스타르테가 정신을 차리고 신성을 다시금 가지게 될지는 두고 볼 일이었다.

'별 효과가 없다면…….'

나로선 차라리 그쪽이 좋다. 구스타르테를 이용해 해보고 픈 일이 제법 있었다. 신의 육체란 세상 어디에서도 구할 수 없는 무척이나 진귀한 것이므로.

'미안하지만 당장은 약속을 못 지키겠군.'

피식 웃고는 다시 달의 화살을 품속에 집어넣었다.

0001과 약속은 했으나, 시기는 정하지 않았다. 중간 신이라 불리는 구스타르테의 육체를 충분히 맛본 뒤 달의 화살을 사용해도 약속을 이행하는 건 마찬가지라는 뜻이다.

'익숙한 느낌. 이 느낌은…… 나락군주와 맞닿아 있다.'

그리고 놈이 제정신이 아닐 지금에서야 나 자신의 무언가와 닮았다는 생각이 강하게 들었다.

심장이 격하게 뛰는 걸 보면 무관하진 않으리라.

하나 나락군주는 신이 되려다가 실패한 놈이었다. 지금 내 눈 앞에 있는 건 타락했을지라도 진짜 신이었으니, 그 이유를 알고 싶었다.

생각이 바뀌었다. 본래는 화살을 먼저 접촉시켜 상황을 볼 작정이었지만 이제는 아니다. 신의 비밀 역시도 흥미가 있었다. 더불어서 우파의 수법 역시 알아낼 작정이었다. 필히 구스타르테를 해부하고 비밀을 파헤쳐야 함이었다.

'얻을 게 많은 육체다.'

고개를 주억이곤 크리슬리에게 말했다.

"탐욕의 돌멩이를 엮어 줄로 만들고 이놈을 포박해라. 던전으로 끌고 가 따로 연구를 진행하도록. 리치들에게 맡겨도 좋으나 반드시 너도 참가해야 한다."

"그리하겠습니다, 나의 던전 마스터시여."

"내 짐작일 뿐이지만 구스타르테를 연구하다 보면 많은 것을 얻을 수 있을 것이다. 리치들도 좋아할 테지."

호문쿨루스를 연구하는 리치 가파람은 좋아서 팔짝 뛸 것이다. 진정한 호문쿨루스를 만든다는 건 신의 영역에 도전하는 행위. 신 자체를 겪다 보면 진전이 없을 수가 없다. 게다가 크리슬리에겐 여러모로 괜찮은 경험이 될 터였다.

"나의 던전 마스터시여, 연구의 내용 자체는 마음대로 진행해도 되겠나이까?"

나는 입가의 웃음기를 지웠다. 그래도 눈은 제법 흥미가 동한다는 듯 바라보고 있었다. 크리슬리가 이런 의견을 표명했다는 건 꼭 해보고픈 실험 같은 게 있다는 것이었다.

"우파가 이놈을 어떻게 조종했는지, 그리고 신에 관한 비밀을 파헤치는 걸 포함하여 네 마음대로 해도 좋다. 이것 또한 가져가 연구에 보태도록 하라."

원래는 가지고 있을 셈이었지만 크리슬리의 의욕이 넘쳐 보였다. 하여 나는 달의 화살을 다시금 꺼내 크리슬리에게 건넸다.

"굉장한 신성이 느껴집니다."

"달의 화살이란 아이템이다. 레전드 등급으로 본래는 구스타르테의 것이었지. 구스타르테의 몸에 이 화살을 접촉시키면 지금의 상태가 호전된다고 한다. 하나 그것은 제일 마지막에 행해야 한다. 신성성을 되찾으면 연구를 할 수가 없으니."

"명심하겠습니다."

"이 화살도 따로 조사해야 할 것이다."

"예."

크리슬리는 내가 말한 바를 모두 기억하곤 고개를 끄덕였다. 애당초 연구 자체를 좋아하는 편이라 비슷한 임무를 주면 오버를 해서라도 해내고 마는 크리슬리였다.

이번에도 좋은 성과를 물어다 주리라고 믿어 의심치 않았다. 설혹 별 성과가 없대도 크게 개의치 않을 것이다. 신의 비밀은 그처럼 쉽게 파헤칠 수 있는 게 아니니 말이다.

"나는 그리니치 천문대로 돌아갈 것이다. 던전에서 내 귀환을 기다리라."

"……부디 무사하십시오."

"나를 해할 수 있는 자는 없다."

"알고 있습니다."

나의 강함에 대하여 논할 생각 자체는 없어 보였다. 아무리 위험한 상황이 들이닥친대도 나 스스로를 보호할 힘쯤은 있었기 때문이다. 크리슬리도 그것을 잘 알고 있었다.

구스타르테의 신병이 확보된 걸 확인한 뒤 나는 다시 등을 돌렸다.

대역을 두었대도 본래의 주인인 내가 그곳을 오래 비울 수는 없었다. 그리고 왜인지 불안한 느낌이 계속해서 가시질 않았다.

던전 마스터의 모습으로 탈피한 이히가 그리니치 천문대의 시계탑 위에 섰다. 자못 근엄한 표정을 짓고 팔짱을 끼고 있으니 영락없는 던전 마스터였지만 어딘지 모르게 표정에 위화감이 있음을 가까이에서 보면 알 수 있었다.

'아무 말도 하지 말고 가만히 있으라'고 오스웰이 조언했지만 과연 그를 따라 가만히 있을 수 있는 상황이 될는지는 미지수였다. 게다가 주변의 시선이 너무나 따갑다.

'히잉…….'

이히는 내심 울상을 지었다. 입꼬리가 살짝 내려갔다. 몸동작도 익숙하지 않아서 어색했고 서 있는 것조차 제대로 서 있는지 감이 잡히지 않았다.

성 내부 곳곳에 숨어 있는 마수들. 본래는 던전 마스터를 관찰할 대상들이 지금은 일제히 이히만 쳐다보고 있는 것이다. 그 숫자만 수십, 어쩌면 백이 넘어갈 듯했다.

이런 시선 따위야 본래라면 아무렇지도 않지만 지금은 가

시방석 위에 앉아 있는 느낌이었다. 이히 본신의 모습이 아닌 탓이다.

"대공 랜달프 브뤼시엘 님."

그때 돌연 옆에서 누군가가 모습을 드러냈다.

백색 휘장을 휘날리는 은색의 기사!

아리엘 디아블로의 측근 중 하나이며 이히도 몇 번 본 적이 있는 이였다.

이히는 저도 모르게 침을 꿀꺽 삼켰다. 이런 상황은 염두에 두지 않았다. 만에 하나라곤 해도 보통은 안 일어나는 법일진대 누군가가 이처럼 빨리 다가와서 말을 걸지는 몰랐던 것이다.

이히의 얼굴이 엇박자를 타며 돌아갔다.

"……?"

말을 할 필요는 없다고 했다.

지금은 오스웬의 말을 잠자코 따를 수밖에 없었다.

'마스터는 과묵하시니까 상관없을 거야.'

게다가 무려 대공의 자리에 있었다. 상대는 아군이라 할 수도 없는 위치였으니 말 한마디쯤 안 한다고 뭐라 할 이는 없었다.

"실례지만 어딜 다녀오신 겁니까? 아리엘 디아블로 님께선 당신이 이 자리에 계속 있을 것이라고 했습니다. 특별한 이유가 있지 않는 한에서는 말이지요.”

“…….”

입안에 가시가 들어간 느낌이었다. 내가 어딜 가든 그걸 왜 네가 신경 쓰냐고 따박따박 대꾸해 주고 싶지만 이히도 자신의 말버릇을 알았다. 중간에 '이히!' 소리가 안 들어갈 리 만무했다.

세상에.

마스터가 말꼬리마다 이히! 소리를 내는 모습은 도저히 상상이 안 간다.

자신의 입버릇이지만 그다지 상상하기도 싫었다.

아무런 대꾸도 없자 은색의 기사는 차분히 자신의 말을 이어 나갔다.

“더불어서 자리를 비운다면 좋은 의도는 아닐 거라는 말도 덧붙이셨습니다. 저희 대공께선 랜달프 대공과 좋은 관계를 이어 나가길 바랍니다. 주변의 마력을 차단했으니 어디를 다녀오셨는지 말씀해 주십시오. 잠시지만 추적이 되지 않는 장소로 이동한 듯싶은데…….”

굉장히 노골적이다. 아주 대놓고 물어보는 수준이었다. 묻는다고 대답하는 게 바보다.

'무슨 수작질을 부렸는지 말해라'다. 알려주면 같이 하자는 심보인가? 하여간 이 은색의 기사는 멍청한 게 분명하다고 이히는 확신했다.

계속해서 대답이 없자 은색의 기사가 한 발자국 물러났다.

"아무런 말씀도 없으시다면, 지금의 상황을 저는 아리엘 디아블로 님께 전하겠습니다."

"……!"

이히의 눈가에 경련이 일어났다.

잘못된 의미로 상대가 받아들인다면 오해가 중첩되어 돌이키지 못하게 될 수도 있었다. 아니, 그럴 가능성이 높다!

마스터도 아리엘 디아블로는 딱히 건드리지 않는 자세를 취하고 있었다. 상대가 우호적이니 굳이 건들 필요가 없다고 여기는 것이다. 한데 상대의 태도가 자신으로 말미암아 변한다면? 마스터는 이히를 크게 꾸짖을 게 분명했다.

하는 수 없이 이히가 최대한 근엄하게 말했다.

"나는…… 잠시…… 꿀물을 마시러 다녀왔다. 이히."

Chapter 68
방주

Dungeon Hunter

"……?"

은색의 기사가 멈칫했다. 고작 꿀물을 마시러 자리를 비웠다는 건 말이 안 된다. 부하들에게 시키면 꿀물보다 더한 것도 즉시 대령할 터인데.

게다가 '이히'는 대관절 무엇이란 말인가. 그것을 생각하느라 다른 잡념이 모두 멈췄다.

그 모습을 보고 자신의 실수를 깨달은 이히가 재빨리 임기응변을 발휘했다.

"흠흠, 이히에게 다녀왔다는 말이다. 이히! 는, 내 사랑스러운 요정이지."

"사랑스러운?"

은색의 기사는 불신의 기색을 비췄다. 보일 듯 말 듯한 당황스러움도 섞여 있었다.

대공 랜달프 브뤼시엘. 마족 중 현재로선 가장 유명한 이이며 모두 한 번씩은 그의 수작에 휘말린 적이 있었다.

마족 자체에게도 그렇지만 사랑이란 단어는 그에겐 너무나 안 어울렸다.

그러나 은색 기사의 반응 따윈 안중에도 없다는 듯 이히가 신이 나서 말하기 시작했다.

"일도 잘하고 말도 잘 듣지. 그야말로 이히! 는…… 최고의 요정이다."

"……잘 알겠습니다."

할 말이 없는지 은색의 기사가 두 발자국 더 물러났다. 이 정도의 거리는 있어야 한다고 판단한 듯싶었다.

"그럼…… 아리엘 디아블로 님에겐, 랜달프 브뤼시엘 님께서 사랑스러운 던전 요정 이히와 꿀물을 마시러 갔다고 전해드리지요."

비꼬는 투가 역력했지만 이히는 입을 꾹 닫고 고개를 끄덕였다. 이에 은색의 기사는 도리어 놀란 듯 경직하고 말았다.

"정말 그리 전해도 되겠습니까?"

이히는 그저 조용히 은색 기사를 바라볼 뿐이었다.

이에 은색의 기사는 더 말을 잇지 못했다.

'이런 행동을 보이는 것도 모두 이유가 있을 것이다. 그는 랜달프 브뤼시엘이다'쯤의 생각을 가진 것 같았다.

그간 보여준 모습과는 너무 달랐던 탓이다.

마족 중에서도 특출한 마족, 압도적인 카리스마와는 전혀 동떨어져 있었다.

혹시 계략이 아닐까 생각하는 것도 당연했다.

물론 이히는 정말 아무 생각도 없었고 마스터의 모습으로 그저 자신을 칭찬하고픈 마음밖에 없었지만, 은색의 기사는 명백한 오해를 하고 있었다.

이후 은색의 기사가 무겁게 고개를 숙이곤 자리를 박찼다.

"이히히."

그제야 이히의 입가가 풀렸다.

고비를 넘었다고, 정말 현명하게 헤쳐 나갔다고, 다시는 없을 훌륭한 임기응변이었다며 이히는 자신을 자랑스럽게 여겼다.

하나 이 일로 말미암아 아리엘 디아블로가 무슨 생각을 가지게 될지는 아무도 모르는 일이었다.

Dungeon Hunter

작은 천사가 있었다. 수많은 날개를 가지고 하늘에서 지상을 내려다보는 천사는 얇은 베일과 풀잎으로 만들어진 관을 쓰고 있었고 그 주변으로 수많은 천사가 밀집하여 마수들과 치열한 대전을 벌이는 중이었다.

하지만 그것과는 별개로 작은 천사는 굉장히 온화한 표정을 짓고 있었다. 생김새는 큐피드처럼 귀여웠으나 왠지 모를 기품마저 느껴졌다.

바로 상위 위계의 지천사 하쉬였다.

현재, 모든 천족을 대표하여 그들을 이끌고 있으며 지휘의 역할도 함께하는 중이었다. 전략을 잘 모른대도 다른 천사들이 도와서 깔끔하게 일을 처리하고 있었다.

어리다지만 상위 위계의 천사는 과연 다른 법이었다.

"93번 부대, 우파 블레넌에 의해 소멸했습니다."

"77번 부대, 아리엘 디아블로와 교전 중. 근처의 부대들을 모두 집합시키겠습니다."

"33번……."

지척에서 전투가 벌어지고 있으나 그들은 보고하고 지휘하는 걸 잊지 않았다. 수많은 지휘 계급의 천사들이 하쉬 주변에서 현 상황을 입에 담으며 재빨리 다음 지시를 내리고 있었다. 하쉬는 그저 승낙만 하면 되었다. 말을 할 수 없대도 하쉬의 의지는 그들에게 자연스럽게 전해졌다.

"하쉬 님."

상위 위계의 좌천사 오피니언, 거대한 날개를 가진 그가 표정을 굳힌 채 다가왔다.

하쉬가 시선을 옮기자 오피니언이 이어서 말했다.

"전황이 좋지 않습니다. 제가 부대를 이끌고 어둠의 종자들을 토벌하겠습니다."

그의 말처럼 전황은 최악이었다. 특히 아리엘 디아블로와 우파 블레넌의 존재가 여간 까다롭기 그지없었다.

두 대공은 파죽지세로 천족들을 몰살시키는 중이었는데 그 기세가 시간이 한참 지난 지금까지 꺾일 줄을 몰랐다.

이대로 놔뒀다간 피해만 커진다. 차라리 좌천사 정도의 그가 직접 움직여 전황을 뒤집는 것도 나쁜 선택은 아니리라.

오피니언이라면 대공과의 대결에서도 좋은 모습을 보일 수 있었다.

하쉬는 눈을 감았다. 태어난 지 얼마 되지 않았으나 하쉬는 모든 것을 누구보다 빠르게 흡수하는 중이었다.

전장, 삶과 죽음, 리더에게 필요한 자질이 무엇인지까지도 모두 파악을 끝낸 뒤였다.

애당초 상위 위계의 천사는 천계에서도 손에 꼽힐 정도밖에 없었고 그중 지천사는 고작 셋 정도에 불과했다.

그 위로는 치천사와 천왕밖에 없었으니 얼마나 대단한 존재인지는 말하지 않아도 알 수 있는 수준이다.

치천사는 둘밖에 없다. 천왕은 하나이며 오피니언과 같은 좌천사는 다섯이다. 그야말로 최정예 중 최정예. 배움의 속도가 남다른 것도 당연하다.

그러나 그럼에도 아직 경험이 부족하다. 하지만 이곳은 한 번의 실수를 용납하지 않는 전장이었다.

지금 필요한 건 결단이다. 그리고 최상의 결과였다.

그 최상의 결과라 함은 당연히 최대한 많은 마족과 마수들을 죽이는 것이다.

자신의 주인, 랜달프 브뤼시엘로부터 받은 메시지가 그것이었으니 말이다.

지금 오피니언을 내보내는 건 최악의 수였다. 그는 최후의 최후까지 전장을 지휘해 줄 필요가 있었다. 하쉬보다도 전장에 대해서 잘 아는 백전노장이 그인 까닭이다.

하는 수 없었다.

하쉬는 눈을 떴다.

곧 자신을 바라보면 수천 개의 눈을 느끼며 하쉬는 그들에게 간결하기 그지없는 내용 하나를 던졌다.

바로 '방주의 사용을 허가한다'는 내용이었다.

대공 우파가 자리를 휩쓸고 지나간 뒤.

유은혜와 그녀의 파티는 조금 더 속도를 올릴 수 있었다.

중심부에 다다르는 길은 험하고 멀지만 희망을 갖고 있는 한 포기하는 일은 없을 것이었다.

그러나 다른 의미로 아쉽기도 하였다.

만약 실패한다면.

우파와 그의 휘하 마족이라도 데려가는 게 현명한 선택이 아니었을까 하는 후회가 조금씩 밀려들어 왔기 때문이다.

천족과 싸우고 있을 그 시간은 정말 절호의 기회였다.

우파도, 그 휘하 마족과 마수들도 자신들을 잡아내지 못했다.

여기 있는 인원 전부가 폭발에 휩쓸려 죽겠지만 대공 하나와 다수의 마족, 마수를 바꾸는 거라면 수지가 맞는 장사다.

'아냐, 고작 놈 하나를 잡으려고 희망을 포기할 순 없어.'

그럴 때마다 유은혜는 애써 마음을 다잡았다.

간혹 정찰하듯 움직이는 마수와 천족들이 있었지만 크게 신경 쓸 필요는 없었다. 천족은 먼저 인간을 공격하는 편이 아니었고 강한 마수가 돌아다니는 것도 아니었던 덕이다.

"이 속도면 세 시간 뒤 우리는 목적지에 도착합니다. 목적지에 희망을 심고 최대한 빠르게 돌아가는 것이 우리의 최종 목표입니다. 뒤처지는 사람은 결코 한 명도 없어야 합니다."

가장 앞에서 유은혜가 말했다. 벌써 몇 번이나 주의한 사안이다.

세 시간.

말이 세 시간이지, 지옥과도 같은 시간이었다.

주변 모든 게 적이다. 하물며 감당할 수 없는 적도 많다.

운이 나빠서 정찰조에 제대로 걸리게 된다면 희망도, 인명
도 모두 잃을 수가 있었다.

유은혜는 계속해서 희망적인 이야기를 대원들에게 늘어놓
았다.

이길 수 있다느니, 우리가 인류의 희망이라느니 하는 이
야기.

안 그랬다간 모두 분위기에 눌려 버릴 것 같았다.

그만큼 적은 강했으며 경이로웠다. 대표적으로 우파가 홀
로 천족들을 쓸어버린 광경이 그렇다. 인간이 감히 범접할
수 없다는 인식을 절로 심게 될 정도였다.

"잠깐……. 저게 뭐야?"

"저게 뭐죠?"

돌연 대원들이 발걸음을 멈췄다. 모두 한 지점을 바라보며
입을 크게 벌렸다. 고도의 훈련을 받은 최정예들. 어지간한
일에는 놀라지 않겠지만, 유은혜조차 그들이 바라보는 것에
시선을 옮기며 놀라움을 금치 못했다.

그것은 하늘 위에 떠 있었다. 상당한 거리가 있음에도 모
두의 육안에 내비칠 정도로 무척이나 컸다.

"배…… 군요."

김유라가 떨떠름한 표정을 짓고선 말했다.

맞다. 배였다.

하늘을 떠다니는 나무 배!

태양을 가릴 정도로 커다랗다는 걸 제외하면 그냥 평범한 배처럼도 보였다.

'부디 나쁜 징조가 아니길.'

유은혜는 한숨이 새어 나오려는 걸 가까스로 막으며 하늘에 있을 누군가에게 빌었다.

예상치 못한 일이 하나둘 일어나고 있었다.

과연 무사히 목적지까지 도착이나 할 수 있을지가 가장 큰 걱정이었다.

천족의 날개를 거칠게 잡아 뜯던 우파가 하늘로 시선을 옮겼다.

"제법 흥미로운 게 나타났군."

우파가 거칠게 웃었다. 안 그래도 평범한 천족 사냥에 슬슬 지루하던 참이다. 상대는 중위 계급 중에서도 높은 지위의 천사가 아닌, 졸개들만을 무작정 내보내고 있었다.

그러니 사냥할 맛이 나겠는가.

체력을 소모시키려는 뻔한 계획.

그러나 우파는 뻔히 보이는 계획에 일부러 동참해 주었다.

적당히 학살을 하다 보면 진짜가 나타나리라 생각해서다.

그리고…… 이제야 진짜가 나타난 것 같다.

"기수를 돌려라. 지금부터 나는 저 배를 점령해 보이겠다."

검은 날개를 지닌 켈베로스 중 몇 마리는 깃을 들고 있었다. 우파의 상징, 거대한 성 블레넌이 그려진 깃이었다.

깃을 돌리고 우파와 함께 수십만의 마수가 움직이기 시작했다.

우파의 입가에 미소가 끊이질 않았다.

저 배가 마음에 들었다. 고로, 함몰시키지 아니하고 직접 얻어낼 셈이었다.

천족들이 만든 배이지만 블레넌이 없는 지금 임시로는 꽤 쓸 만할 듯싶었다.

저 배 중심에 자신의 깃을 꼽을 상상을 하자 벌써부터 몸이 달아오르는 우파였다.

"호……."

아리엘 디아블로.

그녀는 사냥을 중지하고 잠시 쉬고 있었다.

천족들이 내보낸 아이들은 연약한 것들뿐이었다. 약자를 유린하는 것도 정도껏이지, 격의 차이가 너무 나는 탓에 흥미를 잃었다.

하여 우파의 사냥을 그저 방관만 하고 있었는데 하늘에서 상당히 위용스러운 배 한 척이 나타난 것이다.

아리엘 디아블로가 상아검을 들었다.

발록의 상아로 만든 지고의 검!

그를 들자 아리엘 디아블로의 주변으로 흐릿한 뼈 갑옷이 나타났다. 뼈 갑옷은 전신을 감쌌으며 꼬리가 길게 달려 있었다.

이어 용의 머리를 축소한 것처럼 보이는 뼈 투구를 착용하자, 자연스럽게 주변의 마력을 지배하게 되었다.

"가자. 천족의 배라면 떨어뜨려야 마땅하지."

"……."

척! 척!

은색의 기사들이 그녀의 뒤로 정렬했다.

대답은 필요 없었다.

오로지 행동으로 보일 뿐.

이어 아리엘 디아블로가 땅을 박찼다.

먼지바람이 일며 순식간에 자취를 감추었다.

방주는 천족들이 만든 히든카드다. 신성지대에 모이고 그들이 키워낸 식물과 날개 등으로 감싸 겨우 완성할 수 있었다.

어둠에는 물들지 않도록 온갖 마법과 신성력을 쏟아부은 결과물이니 대공의 공격에도 쉽게 부서질 일은 없을 것이었다.

그 방주에는 5만에 달하는 천족이 탑승해 있었다. 천족들은 하늘에서 신성탄을 쏘며 마수들을 휩쓸고 지나가기 시작했다.

쿵! 콰아앙!

배에서 쏟아진 포탄에 직격당한 마수들은 흔적조차 남기지 못하고 사라졌다. 공중형 마수들이 하늘에 오르며 공격을 시도했지만 신성력으로 둘러싸인 막이 가장 먼저 가로막았다. 악한 것이 손을 대면 타들어 가는 고통과 함께 치유 불가의 상처를 입게 된다.

하지만 그럼에도 뚫고 지나가는 고위 마수는 천족의 가더들이 도맡았다. 배를 지키는 2만의 천족이 배 주변을 배회하며 보호막을 뚫고 들어오는 마수들을 차근차근 제거해 나갔다. 여태껏 그저 학살만 당하던 모습에서 벗어나 극적인 반전을 이뤄낸 것이다.

"멍청한 녀석들."

대공 우파는 자신의 휘하 마족들에게 공격권을 맡긴 채 배를 바라보고 있었다. 마족이라는 것들이 방주의 공격에 허둥대는 게 여간 실망스럽기 그지없었다.

그 좋은 마수들을 맡겼음에도 정작 방주에는 흠집 하나 내지 못하는 중이었다. 마족들의 기량도 다른 대공의 휘하 마족에 비하면 떨어지는 것 같았다.

'마음에 안 들어.'

휘하의 마족 중에 마음에 드는 놈이 없었다. 마수들은 소모품에 불과하니 그렇다고 치지만, 휘하 마족들은 자신이 죽기 전까지 평생을 같이할 놈들이 아닌가. 한데도 이 모양이다.

유능한 부하가 필요했다.

'그런 의미에서 구스타르테는 최고의 검이자 방패이지.'

말만 좀 잘 듣게 만들면 최상이다. 마족은 아니지만 무려 신이었다. 신을 거느리는 마족이라!

생각만으로도 몸이 뜨거워진다.

콰앙!

그러나 방주의 함포 소리에 우파는 현실로 돌아왔다.

와이번 수십 마리가 줄지어 바닥에 내동댕이쳐지고 있었다. 떨어진 와이번으로 인해 다른 마수들이 압사했다.

물론 쓸 만한 부하가 아예 없지는 않았다.

고위 마족의 경우 방어막을 뚫어내고 천족들과 전투를 벌이는 중이었다.

거대한 비행형 마수 '골곤'을 이용해 방주 위에 마수들을 밀어 넣는 이도 있었다.

유능하지 않다뿐이지 시킨 일만 하는 부하쯤은 있다는 의미다. 그게 개인적으로 우파는 마음에 들지 않았다.

"비켜라. 내가 하겠다."

바로 앞에서 지휘를 내리던 백작 하나의 머리를 옆으로 밀어내곤 우파가 나섰다. 앞에 나서는 걸 별로 좋아하진 않지만 이대로는 시간만 잡아먹을 듯싶었다.

자고로 전투란 속전속결이다.

빠르게 시작해서 빠르게 끝내는 게 제일 좋다.

그리고 그 빠르게 끝내는 방법은 여러 가지가 있지만…….

가장 좋은 방법은 압도적인 힘의 차이를 보여주는 것이다.

휘이잉.

우파가 손을 휘젓자 조금씩 거센 바람이 불어왔다. 머지않아 수십 갈래의 태풍이 생겨났고 우파의 손 위에 춤추듯 놓였다. 그것을 하나로 합치자 거대한 검은색 태풍이 탄생했다.

"배는 좋아 보이는군."

태풍을 타고 우파가 허공을 날았다.

그나마 위안인 점이라면 이제 곧 얻을 배의 상태가 썩 쓸만하다는 것이었다.

그 시각, 판데모니엄은 그리니치 천문대에서 멀지 않은 곳에 자신의 군세를 세운 채 움직이지 않고 있었다. 싸움에는 하등 관심이 없다는 듯 그의 시선은 오로지 천문대 쪽으로만 향해 있었다.

랜달프 브뤼시엘은 요주의 마족이다. 저딴 천족들과는 비교도 안 되게 위험성이 높다. 당장 대공 중 하나인 오쿨루스를 처리하지 않았는가. 다른 대공들도 그러지 말라는 법은 없었다.

가장 나이 많은 노장답게 오쿨루스는 매사에 신중한 편이었다. 혹자는 겁이 많다고 표현할 수도 있겠지만 그 조심성이 그를 대공의 위치에 오랫동안 머물게 한 것이다.

'놈이 정말 열쇠를 쥐고 있을까?'

적당히 천족과 싸우는 시늉만 하며 머릿속은 딴생각으로 가득 채웠다.

처음 시작은 편지였지만, 진정한 발단은 특수 이벤트다.

허공에 뜬 메시지 몇 줄이 모든 대공을 이곳으로 모았다.

그리고 기다렸다는 듯이 시작된 천족의 습격…….

'석연치 않아.'

처음 특수 이벤트는 천족의 출현이었다. 이번에도 역시 천족의 습격이 있을 수도 있는 것이다. 크게 이상하진 않았지만 석연치가 않았다. 누군가 작위적으로 이러한 상황을 만든 느낌을 지울 수가 없었다.

그렇다면 이 상황에서 가장 크게 이득을 볼 자, 누구란 말인가.

'랜달프 브뤼시엘.'

놈이다. 대공들의 세력이 줄면 가장 득을 보는 건 파벌이 없는 랜달프 브뤼시엘이었다.

그러나 천족이 마족의 말을 들을 리 만무하고, 무슨 방법을 사용한 것인지 도통 감이 잡히지 않았다.

그래서 판데모니엄은 최대한 세력을 아끼는 방향으로 가고 있는 것이었다. 혹시 놈이 무슨 수작을 부린다면 유연하게 대처하기 위해서 말이다. 아니면 아예 그리니치 천문대를 에워싸 놈이 움쩍달싹 못 하게 하기 위함이었다.

'인간들이군.'

그러는 사이, 판데몬니엄의 시각에 열댓 명의 인간이 들어왔다.

인간들의 정보력은 놀라운 수준이었고 이 정도 규모의 전장을 못 알아차릴 이유가 없었지만 역시 이상한 일이었다.

'왜 인간이 이곳에 있을까.'

인간들이 위험을 무릅쓰며 이곳에 올 까닭이 있는가?

하등하기 짝이 없는 생명체. 그들이 할 수 있는 일이라곤 그저 받아들이는 것뿐이거늘.

게다가 인간들의 움직임은 조심스럽기 그지없었다.

무언가 수작을 부리려는 게 분명하다.

'알아봐야겠다.'

판데모니엄이 손을 들었다. 석연찮은 부분은 알아봐야 직성이 풀린다. 그러다 보면 보이지 않던 퍼즐 조각이 맞춰지는 경우도 있었다.

최대한 조심하며, 때로는 일단 행하고 보는 것이 좋다는 걸 그는 오랜 시간의 경험으로 알고 있었다.

콰아앙!

돌연 하늘에서 광음이 났다. 거대한 화염이 우려하게 곡선을 그리며 날아가 방주에 부딪힌 것이다.

문제는 그 불꽃이 발사된 지점이다.

판데모니엄은 고개를 돌렸다.

"제법 잘 버티는군."

멀지 않은 곳에서 조촐하기 짝이 없는 마수들과 함께 놈이 있었다.

랜달프 브뤼시엘!

가깝대도 아예 지척일 수준은 아니었지만 놈이 지금 방주를 공격한 것이다. 계속해서 성 안에만 박혀 있을 줄 알았는데 처음으로 모습을 드러냈다.

"판데모니엄, 그대는 천족 사냥에 관심이 없나?"

힐끗 고개를 돌린 놈이 가증스럽게 말했다.

마족은 천족과 대립하는 게 당연하다. 보면 사냥하고픈 욕구가 드는 것 역시 당연하다. 그런데 움직이지 않고 너는 무엇을 하고 있느냐는 꾸짖음이었다.

그런데 그 말을 하필 랜달프 브뤼시엘, 놈이 할 줄이야.

여태까지 성 안에 처박혀만 있었던 놈이!

"즐기기에 좋은 시간이다. 연회의 여흥으로 이것만큼 괜찮은 것도 없지."

"지금 나랑 말장난이나 나누자는 것이냐?"

판데모니엄은 이맛살을 찌푸렸다. 놈의 페이스에 말려들어선 이도저도 안 된다는 걸 안다. 어차피 어린놈이었고, 치기어리다고 치부할 수도 있겠지만 놈은 의외로 교묘했다. 지금의 이 대화도 따로 목적이 있을 가능성이 높았다.

"말장난이라니. 우리가 그리 친한 사이는 아니지 않나?"

"쓸데없는 소리를 할 거라면 꺼져라. 너에 대한 용무는 천족을 모두 사냥한 뒤에 있다."

"그 용무, 내가 불가능하다 하면 어찌할 셈이지?"

"불가능하다……?"

판데모니엄의 표정이 더욱 굳었다. 전혀 생각하지 않았다는 듯, 회심의 일격이라도 당한 듯하다.

그러다가 '장난'일 수도 있겠다는 생각에 판데모니엄이 열을 올렸다.

"아주 큰일이 벌어지겠지."

"그 큰일이라는 게 나한테만 벌어지는 건 아닐 것 같은데?"

"마계로 돌아갈 방법은 찾고자 하면 찾을 수 있다. 네놈이 거짓으로 아니 된다 하는 것이라면 다른 녀석들 모두가 가만히 있지는 않을 터."

그러자 놈의 입가에 미소가 더욱 번졌다.

"마계라……. 나는 그곳에 미련이 없어서 잘 모르겠군."

"그렇겠지. 네놈은 연고 없는, 홀로 떨어진 마족 나부랭이에 불과했으니. 그렇기에 네놈은 정식으로 대공이라 불릴 자격이 없는 것이다."

"하지만 내 상태창에선 나를 보고 대공이라 하는군. 그대들이 인정했기에 가능한 일 아닌가?"

"그래 봐야 가상의 것. 마계에서 네놈이 대공으로 인정받는 날은 없을 터."

"나도 언제까지나 대공에 머물 생각은 없다. 그런 의미에서 우리의 뜻이 일치하는군."

대공에 머물지 않겠다는 건 마왕이 되겠다는 의미다.

놈은 그 말을 남긴 뒤 유유자적 발걸음을 옮겼다. 전장을 돌아다니며 자리 좋은 곳에서 구경이라도 하겠다는 심보일까.

"놈……."

판데모니엄이 빠드득 이를 갈곤 고개를 털었다.

놈이 성에서 벗어나 움직이기 시작했으니 계속해서 이곳에 머물 이유도 없어졌다. 어쨌든 이 싸움 자체를 빨리 끝낼 필요가 있었다.

"천족 사냥을 시작하겠다. 흩어져라."

"명을 받듭니다."

"명을 받듭니다."

판데모니엄의 휘하 마족들은 일사분란하게 움직이며 할당된 마수를 데리고 움직였다. 휘하 마족들의 질에 있어 판데모니엄은 자부심이 있었다. 이들은 모두 유능했고, 굳이 명하지 않아도 각자 할 일을 알아서 했다.

잠시 후 남은 건 소수의 마수와 오쿨루스로부터 인계받은, 영혼 빠진 인형 마족들뿐이었다.

'언제까지 기고만장할 수는 없을 것이다.'

판데모니엄이 눈을 감았다.

자신이 합세했으니 사냥은 곧 끝날 것이었다.

나는 한 차례 어깨를 으쓱했다.

위험한 순간이었다.

판데모니엄의 눈에 걸린 인간들, 그들이 옮기는 게 나는 무엇인지 알았고 그게 무슨 역할을 하는 것인지도 잘 알고 있었다.

최대한 안전하게 옮길 수 있도록 김유라와 김민지를 붙인 것도 나였다.

'저 희망이라는 폭탄이 얼마나 쓸 만할지는 모르겠지만.'

인간들이 이름마저 '희망'이라 붙인 걸 보면 아주 쓸모없지는 않을 듯했다.

어쨌든 마수들을 끌고 전장에 나온 건 정답이었다.

덕분에 본의 아니게 판데모니엄으로부터 그럴싸한 정보도 얻을 수 있었다.

'이제 보니 마계로 향하는 방법을 찾고 있었나 보군.'

마계로 가는 방법!

이히의 무구를 이용하면 가능할 것도 같았다. 아마도 그것을 노리고 특수 이벤트가 뜬 것일 테다. 이히의 무구에는 상대가 본래 있어야 할 장소로 이동시키는 요사한 힘이 있었다.

'마계에 무슨 일이 일어났다. 저들이 급하게 움직여야 하는 아주 중요한 일이.'

나는 전장의 중심에서 산책이라도 하듯 걸으며 천천히 생각에 잠겼다.

판데모니엄의 말을 곱씹으며 추측을 이어나갔다.

'홀로 떨어진 마족 나부랭이라 대공으로 인정할 수 없다는 말. 반대로 대공들은 마계에도 그만한 세력을 보유하고 있지. 요컨대, 마계에 있는 자신들의 세력에 간과할 수 없는 일

이 생겼다…… 정도로 볼 수 있겠군.'

그게 당장 돌아가야 하는 이유이고 말이다.

마계의 세력은 자신이 마왕이 됐을 때 뒤에서 받쳐 줄 힘
이다. 그런 세력 없이는 이름만 마왕인 꼭두각시가 될 수 있
었다. 아니면 다른 세력에 의해 죽임을 당하거나.

그래서 나도 던전을 키우는 데 집중한 것이다. 내가 마왕
이 된다면 나를 받쳐 줄 세력으로 일구기 위해서.

'무슨 일이 생겼을지 잘 감이 안 잡힌다는 걸 빼면 좋은 정
보를 얻었어.'

나온 보람이 있다.

나는 하늘을 올려다보았다. 곧 판데모니엄이 전장에 합류
한 것을 확인할 수 있었다.

……사냥은 금세 끝날 듯이 보였다.

작은 충돌이 균형을 다시 어그러뜨리기 전까지는 말이다.

Chapter 69

희망

Dungeon Hunter

시작은 단순했다. 그저 방주를 부수느냐 마느냐의 다툼. 하지만 싸우는 대상들의 관계가 커다란 걸림돌이 되었다.

아리엘 디아블로.

우파 블레넌.

둘은 전쟁 중이다.

모략과 전략을 부딪치며 서로의 세력을 깎아먹고 있었다.

이곳에 도착한 뒤 싸우지 않은 건 암묵적으로 그러할 장소가 아님을 인지한 덕이다.

하지만 그것도 급한 불을 끄는 것에 지나지 않았다.

한 번 다시 불이 지펴지자 이번에는 전보다 더욱 활활 타올랐다.

별것 아닌 문제가 커다란 화제로 대두된 것이다.

그 결과…….

결과랄 것도 없다.

둘의 대결은 당연한 수순이었다.

숫자 자체는 우파의 압승이었다. 하지만 아리엘은 질적인 면에서 한참이나 앞섰다. 무엇보다 아리엘의 휘하 마족들도 지근거리에 대기하는 중이었다.

마족과 천족의 단순하기 이를 데 없는 대치가 전혀 다른 방향으로 번져 나간 것이다.

'세상에서 제일 재밌는 게 불구경이라 그랬지.'

나는 가만히 뒷짐을 졌다. 일이 이렇게 되자 천족을 사냥하는 건 판데모니엄밖에 없었다.

대공들이 적 하나를 두고 공격하는 것이라면 쉬운 일이지만 판데모니엄 혼자서 천족을 상대하려면 여간 힘에 부칠 것이다.

나는…… 방관자였다.

애당초 데려온 마수 자체가 많지 않았다. 전부 달의 마법사 유인에 나섰고 많은 숫자가 부상을 당했다. 하는 시늉만 하며 나는 아리엘 디아블로와 우파 블레넌의 싸움을 구경하기로 마음먹었다.

혹여나 나중에 꼬투리가 잡힐 걸 염려하면 아예 안 할 수도 없는지라 정말 천족을 사냥하는 '척'만 했을 따름이었다.

게다가 저들에게 문을 열어줄 수 있는 건 나밖에 없었다. 내가 설렁설렁한대도 대놓고 꼬집진 못할 것이었다.

누구 하나 막지 않고, 불은 번져만 갔다.

"천족의 배 따위를 타겠다는 것이냐? 태워야 마땅한즉!"

아리엘은 강경했다. 그녀는 전대 마왕의 혈족이었고 천족에 대한 나쁜 이미지를 굉장히 많이 가지고 있었다.

"천족의 배는 배가 아니더냐? 이 배는 아주 훌륭하다. 네 년의 눈깔이 썩은 동태와 같아서 한탄스러울 뿐이로구나."

우파도 자신의 의견을 접지 않았다.

방주에 탄 천족은 대부분 제거한 뒤였다.

이제 배를 소유하느냐 태우느냐의 결정만 남아 있었다.

하나, 둘의 의견 차이는 좁혀지지 않았고 좁혀질 수도 없었다.

별것도 아닌 문제이지만 대공의 자존심이 걸려 있었다. 서로 전쟁을 벌이는 데 거리낌이 없을 정도로 사이도 나빴다.

"이런 문제는 전통적으로 해결하는 방법이 존재했지. 우파 블레넌, 여기서 끝을 봐야겠구나."

아리엘 디아블로가 상아검을 뽑았다.

발록. 마수 중 가장 강력한 존재라고 알려진 녀석의 상아로 만든 검!

그 강력함 때문에 마왕이 나서서 직접 멸했다고 전해지는 불운의 종족이다. 숫자 자체도 얼마 없었지만 지구에서 어떻게 저 검을 구했는지가 의문이었다.

"오냐, 네년과의 싸움이라면 언제든지 환영하는 바이다."

우파도 이빨을 드러내며 흉포하게 웃었다.

수십만의 군세가 일제히 일어났다.

그에 반해 아리엘 디아블로의 군세라곤 5천 안팎이었다. 질적 차이가 난대도 이 절대적인 숫자의 차이를 메우기는 힘들다.

한마디로…… 이곳이 아리엘 디아블로의 무덤이 될 공산이 크다는 소리!

"비자츠 멘담, 네놈이 선봉을 맡아라."

휘하 공작 중 한 명. 그나마 쓸 만한 녀석을 우파는 선봉장으로 내세웠다.

지상에 추락한 거대한 방주. 그것을 사이에 두고 아리엘과 우파의 또 다른 전쟁이 막을 올린 것이다.

마족의 싸움은 지극히 간단하다.

모이고, 싸우고, 부순다.

한쪽이 완전히 거덜 날 때까지 총력전을 퍼붓는 게 마족의 전통이다. 기사전을 행하거나 소규모로 싸우는 경우는 거의 없다.

하지만 그런 식으로 싸우다가 귀족이 남아나질 않자 소규모 국지전, 소모전으로 양상이 바뀌었다는 글을 본 적이 있었다.

그리고 지금 둘은 '전통적'으로 싸움에 임했다.

말하자면 총력을 퍼부어 일거에 끝낸다는 지극히 단순한 이야기다.

숫자 자체는 우파가 압도적이지만 나는 이 싸움의 결과를 4:6이라 보았다. 아무래도 숫자의 차이를 무시할 순 없는지라 우파 쪽이 조금 우세하다고 볼 수 있었다. 그러나 아무런 승산 없이 아리엘이 먼저 전투를 제의했을 리가 없었다.

'좋군.'

나야 이보다 좋을 수가 없었다.

둘이 부딪치고 알아서 세력을 깎아먹겠다는데 싫을 리가.

적당히 싸우다가 한 명이 물러설 수도 있지만, 그럼에도 피해는 상당할 것이다.

그렇다면 제일 걸리는 게 판데모니엄인데……. 그 역시 천족들을 혼자 감당하느라 여유가 없었다. 아마도 지금의 상황에 가장 당황한 건 판데모니엄이 아닐까.

한 번 나섰고 천족과 전면전에 들어선 이상, 그가 발을 뺄다 하여 천족이 가만히 있을 리가 없는 탓이다.

그리고 두 대공의 전투에 천족들은 기회를 엿볼 게 분명했다.

이런 충돌이 있을지도 모르겠다는 예상은 했지만 이처럼 불같이 벌어질 줄은 생각하지 못했다. 그래서 더욱 흡족했다.

이 싸움을 지켜보고 싶지만 슬슬 다음 '단계'로 나아가야 함을 느꼈다.

'그럼…….'

나는 슬쩍 고개를 돌렸다.

내 뒤를 따르는 마수들 중, 망토를 뒤집어쓴 작은 인영을 바라봤다.

"로제."

나지막이 이름을 부르자 작은 인영이 망투를 벗었다.

로제.

다크 엘프 로이의 쌍둥이 여자 형제다. 원래는 한국에 있어야 할 아이지만 내가 따로 특별히 불렀다.

망토의 머리 부분을 벗은 로제가 싱긋 웃었다.

"네, 마스터."

"나를 따라와라."

"네, 마스터."

"나머지는 주변의 천족을 경계하라. 적극적으로 싸움에

임할 필요는 없다. 백치호는 샤벨 타이거 무리를 이끌고 천족들을 이쪽으로 유인하면 될 것이다."

새롭게 태어난 백치호는 던전에서 빠르게 성장하여 성년이 되었다. 그 뒤로 주요 마수 중 하나로서 활동하고 있었는데, 나는 이 녀석과 샤벨 타이거 무리를 미끼로 사용키로 마음먹었다.

이곳으로 천족을 유인하여 저 둘의 싸움을 더욱 극적으로 만들 작정이었다.

내가 그리니치 천문대에 데려온 마수는 삼천가량. 대부분이 중급에서 상급의 마수였다. 그중에는 샤벨 타이거도 상당수 섞여 있었다. 작전을 시행하는 데 크게 어려움은 없을 듯했다.

크릉!

백치호가 짧게 울었다.

이어 빠르게 내달리며 시야에서 사라졌다.

그에 질세라 나도 걸음을 옮겼다.

'이제 배달 온 물건을 받을 차례로군.'

뺨이 근질거렸다.

인간들이 말하는 희망이 무엇인지, 그리고 또 다른 목적의 달성을 위해 나는 움직였다. 지금쯤이면 목표는 그리니치 천문대의 지척까지 도착했을 것이다.

전장의 상황은 급박하게 돌아갔다.

그래서 유은혜도 더 빠르게 움직일 수밖에 없었다.

이곳은 1초 앞의 미래도 예측하기 어려운 전장. 그것도 왕들이 싸우는 전쟁터였다.

괜히 중간에 끼었다간 이도저도 안 될 가능성이 높다. 끼어 죽는 건 사양이었다.

"저 통로는 그리니치 천문대의 지하와 연결돼 있다고 합니다. 마수가 많지 않을 것이고 우리는 그곳 중심지에 희망을 설치한 뒤 빠져나올 겁니다. 이제 얼마 남지 않았습니다."

지금 서 있는 장소 역시 폐허였으나 건물들 사이에 작게 비집고 나온 틈이 있었다. 저 틈이 그리니치 천문대의 지하로 연결되는 통로다.

일장 연설을 마친 유은혜와 대원들이 잔해를 치웠다. 이후 긴장을 놓지 않은 채 통로로 들어갔다.

통로는 당연히 어두웠다. 각성자가 아니었다면 한 치 앞을 볼 수가 없었을 것이다. 그나마 인간의 영역을 초월한 덕분에 어둠 속에서도 길을 찾아갈 수 있었다.

'통신이 끊겼어.'

길드 마스터 김용우와 연결되던 회선이 불통이었다. 유은혜는 귀에 건 통신기를 잠깐 빼고 주변의 어둠에 집중했다. 지금부터는 외부의 어떠한 원조도 기대해선 안 된다.

오로지 자신들만으로 이 시련을 극복해야 했다.

툭. 투욱.

발소리가 울려 퍼졌다.

찌익! 찍찍!

빗물이 샜고 쥐도 많았다.

상당히 오랜 시간 방치되어 있었던 모양.

그러나 쥐 따위에 놀라기엔 유은혜는 너무나도 끔찍한 것을 많이 봐왔다. 의연하게 기척을 죽인 채 움직이며 혹시 모를 마수의 습격에 대비했다.

'천문대에 성도 지은 놈들이니 지하의 존재를 모를 리가 없어.'

긴장을 풀지 않는 원인이었다.

성을 지었다면 지하까지 파악했을 터.

지하로 연결된 지점이 몇 곳 있다는 걸 알 것이고 미리 방비를 해뒀을 것이다. 안 하는 게 이상하다.

하지만…… 아무리 가도 마수는커녕 그림자도 보이지 않았다.

살아 있는 생명체라곤 쥐가 전부였다.

'너무 수월한데?'

눈썹이 격하게 휘었다. 통로를 한참 가도 마수가 나오지 않는다. 아무런 방비를 안 해뒀을 리가 없는데, 안 해뒀다.

'함정?'

그런 생각도 들었다. 하지만 마족이 굳이 함정을 파놓고 기다릴 것 같지는 않았다. 차라리 마수를 조금 써서 지하를 보호하게 만드는 것이 더욱 편하고 효과가 좋다.

"누나, 느낌이 좋지 않아요."

에드워드가 조심스럽게 입을 열었다.

"마수는 없어."

"마수가 아니라…… 느낌이 좋지 않아요."

"여기 말고 길은 없어. 지상으로 그리니치 천문대에 들어가는 건 불가능해."

느낌이 좋지 않아도 가야 했다.

유은혜는 고개를 돌려 다시 한 번 대원들을 살폈다.

잔뜩 긴장한 얼굴.

지금이 최고조였다.

그리고…… 김유라의 표정은 다른 의미에서 어두워 보였다.

미안함? 죄책감?

'그냥 긴장한 거겠지.'

세세하게 파고들 시간 같은 건 없었다.

유은혜는 다시 몸을 돌리고 전진하기 시작했다.

통로의 길은 예전에 외웠고 그대로 가기만 하면 되었다.

길을 막고 있는 장애물도 없었으니 일사천리였다.

어둠 속에서 가느다란 목소리가 들리기 전까지는.

"멈춰."

처음에는 환청인 줄 알았다. 하지만 분명히 귀에 박히는 여자의 목소리였다.

"멈추라고 했잖아."

통로의 건너편.

도착 지점에 거의 도달했을 무렵, 누군가가 모습을 드러냈다.

그 존재를 보고 유은혜와 에드워드는 눈을 크게 떴다.

다른 이들은 의아해하며 경계할 뿐이지만, 유은혜와 에드워드에게 있어서 저 존재는 지금 이곳에 없어야 정상이었기 때문이다.

"로제 님……?"

"응, 오랜만이야."

로제가 망토를 완전히 벗고 천천히 다가왔다.

꼬마 숙녀지만 한 손에 기다란 낫을 들고 있었다.

유은혜가 경악에 차선 물었다.

"로제 님이 왜 이곳에?"

"주인님께서 오라고 그랬으니까. 응? 그런데 내가 무섭니? 왜 그렇게 경계해?"

"로제 님께선 이곳에 계셔선 안 돼요. 아니면…… 구세주와 함께 오셨나요?"

로제가 고개를 갸웃했다.

"구세주? 아아~ 그분은 그분이시지. 그나저나 저 커다란 게 희망이야?"

로제가 낫으로 대원들 쪽을 가리켰다. 정확히는 대원 두 명이 옮기고 있는 작은 짐수레를.

그러나 유은혜는 로제의 말을 듣고 더욱 긴장할 수밖에 없었다.

희망, 그 이름을 어찌 알고 있단 말인가?

김용우를 포함한 극소수밖에 모르는 그 이름을 말이다.

유은혜는 주먹을 바스라지게 쥐며 말했다.

"……맞습니다."

"와~ 정말? 마스터, 맞대요!"

로제가 고개를 돌리고 방방 뛰며 외쳤다.

뒤쪽에 누가 있는 걸까?

그런 유은혜의 의문은 채 몇 초도 지나지 않아서 풀렸다.

로제의 뒤쪽에서 그림자 하나가 나타났기 때문이다.

그 그림자를 본 유은혜는 더도 없이 경악할 수밖에 없었다.

"당신은……!"

해골 가면을 쓴 남자였다. 천명회 길드의 핵심적인 인물이었으나 어느새 사라진, 필요할 때는 항상 돌아왔지만 그것조차 어느 시점을 기준으로 끊겨 버린 사람.

사람들은 그가 죽었다고 말했다. 그는 홀로 움직이는 경향이 강했으니 던전을 탐사하다가 끝내 사망했다는 것이다. 몬스터 웨이브가 일어난 게 원인이라는 이들도 있었다. 하여간 대다수의 사람이 그의 죽음을 논했다.

이후 한국은 마족들의 침략을 당했고 반파되었다. 셀 수 없는 인파가 죽어 나갔으며 지금도 제대로 집계되지 않을 수준이었다.

그럴 때마다, 유은혜를 비롯한 각성자들은 항상 그가 돌아올 것이라고 생각했다. 언제나처럼 위험이 닥칠 때 나타나리라 믿어 의심치 않았던 것이다.

하지만 그는 나타나지 않았다.

마족들은 대량의 마수를 풀고 한국을 유린했다.

그렇게 그의 존재는 서서히 잊혀갔다.

"오랜만이로군. 유은혜, 에드워드 윈저."

남자가 가면을 벗었다.

순간 유은혜의 동공이 크게 흔들렸다.

'아……!'

저 얼굴, 틀림없었다.

착각할 리도 없었다.

몇 번이고 외우고 각인시킨 얼굴이니까.

유은혜를 발견하고 기초를 잡아준 인물이 그였다.

앞에서, 뒤에서 이끌어준 이 또한 바로 저 남자였다.

에드워드를 살려주고 그의 재능을 개화시킨 것 역시.

"살아…… 계셨군요."

유은혜가 최대한 침착한 척을 하며 말을 이었다. 그녀는 예전의 그녀가 아니었다. 철없고, 장난기 많던 유은혜는 어느덧 어른이 되었다. 현실과 타협하고 냉정하게 싸울 줄 아는 여전사. 지금은 파티를 이끄는 수장의 역할이었다.

"많은 일이 있었지."

목소리도 달라지지 않았다.

묵직한 중저음. 차갑기 그지없는 표정.

모든 걸 내려다보는 저 오만한 시선도 그대로다.

반갑지만 무너지면 안 된다. 그녀의 속에서 랜달프 브뤼시엘이라는 이름은 우상이 되어 있었다. 그러나 이미 죽은 사람이었다. 혹시나 마족들의 수작에 의하여 되살아난 것인지도 모른다.

아니면 그의 모습을 한 다른 이거나.

이제는 의심이 먼저 드는 것이 습관이 되었다.

"공대장님?"

대원 하나가 흔들리는 유은혜의 모습에 앞으로 한 발자국 나섰다. 심상치 않은 분위기가 형성되었다는 걸 알아차린 것이다.

둘의 관계를 모르는 이들, 로제의 정체를 모르는 대원들은 하나같이 혼란의 도가니 속에 던져져 있었다.

그러나 유은혜의 귓가에 그들의 목소리는 들리지 않았다. 미친 듯이 쿵쾅대는 심장 소리를 감추는 것만으로도 진땀이 빠지는 탓이다.

"왜, 이곳에 계신 거죠? 로제 님과는 어떻게……?"

"왜일 것 같나?"

도리어 물었다. 유은혜는 당황했다.

로제는 구세주의 아이들 중 하나다. 구세주는 한국을 구했고 곧 모습을 감췄다. 오로지 로이와 로제만 남았을 뿐이다.

사람들은 두 아이를 추대했으며 왕처럼 떠받들었다. 하여 두 다크 엘프의 영향력은, 적어도 한국에선 절대적이라 할 수 있었다.

'……그럴 리가 없어.'

만에 하나의 가정에 유은혜의 몸이 흠칫 떨렸다. 벼락이라도 맞은 듯이 처량하게.

한 번쯤은 생각해 본 적이 있었다. 구세주는 얼굴을 감췄다. 아무도 그의 얼굴을 아는 이는 없었다. 한데도 유은혜는 구세주가 '그 사람'이라는 생각을 가끔 했다. 랜달프 브뤼시엘. 그가 일부러 모습을 감추고 나타난 게 아닐까.

하지만 아무리 긍정적으로 여겨도 무리였다.

비슷하지만 조금씩 다른 부분이 있었다. 단순히 외견적인 부분을 말하는 게 아니다.

솔직히 말해서 구세주라 칭한 자는 꽹장히 무거운 분위기를 가지고 있었다. 공포. 원초적인 본능을 건드리는 무언가가 있었다. 간혹 무차별하게 마수들을 학살하는 모습을 보면 소름이 끼치기도 하였다.

자신이 아는 랜달프 브뤼시엘은 그런 분위기와는 조금 달랐다.

그리고 그가 사용하는 힘 역시, 같은 인간이라 할 수준이 아니었다. 비록 데빌헌터 공격대의 공대장이 인간 중에선 최강이라 할 정도로 강하긴 했지만 구세주 정도는 아니었다.

다크 엘프를 데리고 다니는…… 마족, 혹은 마수.

유은혜를 비롯한 깨어 있는 각성자들은 구세주가 그러한 존재이리라고 확신하고 있었다.

그럼에도 말을 하지 못한 건 오로지 사람들을 위해서다.

힘이 없는 민간인들. 그들에게 믿음, 희망이 있어야 한국을 재건할 수 있기 때문이다.

그들을 일어설 수 있게만 만들 수 있다면 구세주의 정체 따위는 문제가 되지 않는다. 영원히 입 닫아야 할 비밀인 것이다.

하나 데빌헌터 공격대의 공대장은 인간이었다. 인간이라
고 믿는다.

그는 상당히 과격했지만 유은혜가 아는 마족과는 자못 달
랐다. 지금까지 경험한 마족과 마수는 인간과 타협하는 경우
가 거의 없었다.

그나마 한국의 던전이 유일했는데, 그마저도 외부의 마족
이 침입하며 바뀌었다. 층이 사라지고 통합된 것도 한몫했다.

그러니 공대장이 구세주일 리는 없었다. 그런 억지가 어디
있겠는가.

'마스터, 구세주……'

유은혜는 로제가 했던 말을 곱씹었다.

한데…… 도무지 지금은 모르겠다.

쉴 새 없이 눈동자가 흔들리고 몸은 위축되었다.

두 사람이 동일 인물이라면…….

"김용우가 나에 대해 말하지 않은 것 같군."

그가 말했다.

김용우?

길드 마스터는 무언가를 알고 있다는 뜻인가?

알고서 일부러 숨겼다는 의미로 들렸다.

그는 예와 마찬가지로 냉소적인 미소를 지으며 입을 열

었다.

"이곳에 마족들이 모일 것이라고 경고한 게 나다."

"영국의 지도부가 어렵게 알아냈다고…….."

"인간은 자신의 치부를 감추고자 과한 포장을 하기도 하지. 그나저나…….."

유은혜의 말을 끊은 그가 확인 사살이라도 하듯 넌지시 이어서 물었다.

"괜찮게 성장한 것 같구나. 수련의 방이 상당히 도움이 된 모양이지?"

"아아…….."

털썩!

유은혜의 다리가 풀렸다.

딱 두 마디.

하지만 결정적이었다. 저 말의 의미는 오로지 구세주와 유은혜만이 알고 있었다. 구세주는 유은혜가 흡족하게 성장하면 다시 찾아온다고 했다. 지금 그의 말이 그 뜻이었다.

"당신은…… 아군인가요?"

겨우 고개만 들어 힘겹게 입을 열었다.

공대장이든, 구세주이든, 아군이라 생각하는 게 당연하지만.

불안했다. 가슴 깊은 곳에서부터 스멀스멀 올라오는 이 불안함을 떨쳐 낼 수가 없었다.

반갑기도 하였으나 지금은 그저 모든 게 혼란스러울 뿐이었다. 믿어 의심치 않았던 그가 적으로 돌아선다면 아무도 막지 못할 것 같았다. 모든 것이 그의 손 위에서 놀고 있다는 생각마저 들었다.

"당신은…… 마족인가요, 랜달프 브뤼시엘?"

구세주는 인간이 아니다.

생각이 깨어 있는 각성자는 모두 그렇게 확신했다.

개중에는 '천족'이니 '신'이라고 믿는 자들도 있었지만 그 또한 확실하지는 않았다.

그러나 천족의 행보를 보면 절대로 구세주가 천족일 리는 없었다. 신성력은 아예 느껴지지 않았으니 말이다.

반대로 신이라 하기엔…… 유은혜의 신앙심이 완전히 죽었다. 하여 신이라는 가능성도 배제했다.

마수. 그들은 마족의 꼭두각시다. 모든 마수가 마족의 영향을 받는다.

남은 건…… 인정하기 싫지만, 마족뿐이었다.

하나 구세주를 마족이라 생각하는 부류는 한국의 각성자 중에서도 극소수였다.

그들도 믿기 싫었으리라.

억지로 자기합리화를 행한 것이다.

무엇보다 그 사실을 입 밖에 낼 수가 없었다.

인간의 믿음은 의외로 쉽게 무너지는 법이었다. 그리고 한 번 무너진 믿음은 절망으로 찾아올 가능성이 높았다.

가뜩이나 절망이 가득한 세상에서 한층 더 절망해 버리면 일말의 희망조차 찾지 못하게 된다.

그것을 모두 알고 있었다.

지금은 오로지 내일만 생각하며 희망을 가질 때라고.

덕분에 한국은 하루가 다르게 회복되고 있는 중이었다.

'제발.'

유은혜가 조마조마한 시선으로 침을 꿀꺽 삼키며 그를 바라봤다.

인간이라면 괜찮다.

그의 모든 행동이 정당화될 수 있었다.

하지만 그가 마족이었다면?

처음부터 모든 관점을 달리 해야 한다. 그리고 그것을 달리 할 자신이 유은혜에겐 없었다.

신뢰와 우상의 존재가 하루아침에 거짓된 변절자로 바뀌고 마는 것이다. 그가 행한 행동 하나하나에 무슨 의미가 있을지 되새겨 봐야 했다. 주로 안 좋은 쪽으로……

이윽고 그가 무겁게 입을 열었다.

"그렇다."

챙!

대원들이 일제히 무기를 뽑았다.

둘의 대화는 마법 아이템을 통해 번역되는 중이었고 모두가 '마족'이라는 의미를 알아들었다.

마족!

마수보다 먼저 처리해야 할 대상이다.

아니, 마족만 모두 없앨 수 있다면 던전과 마수는 자연스럽게 사라지리란 것이 천재들이 내놓은 추측이었다.

고로 상황이 어떻게 돌아가든 간에 마족은 반드시 멸해야만 했다.

"머, 멈추세요. 그를 공격해선 안 됩니다."

유은혜가 겨우 자리를 딛고 일어나 대원들을 만류했다.

그러나 대원들은 각국에서 뽑힌 전사들이다. 처음부터 유은혜를 따르진 않았다. 가장 강하고 리더십이 있었기에 임시로 정해놨을 따름이었다.

그렇기에 그들은 독자적인 움직임을 보일 수 있었다.

"하지만 상대는 둘뿐입니다."

"이길 수 없습니다."

"유은혜 공대장! 싸워보지도 않고 어떻게 안단 말입니까? 둘의 사이가 수상해 보이는데, 혹시 이쪽으로 일부러 유인을 한 것 아닙니까?"

"그런 게 아닙니다. 결코!"

의심은 의심을 낳았다. 유은혜가 부정해도 대원들의 눈초리는 서서히 험악하게 변해갔다.

"그럼 끼어들지 마십시오. 이곳에서 마족을 마주친 이상 가만히 넘어갈 순 없습니다."

모든 마족과 마수를 죽이기 위해 만든 게 희망이다. 상대가 그 사실을 알게 된다면 먼저 공격하게 될 것이라고 판단한 것이다.

마족과 인간은 절대로 타협할 수 없다고 여기는 듯싶었다.

"하늘의 힘!"

"전력 강화!"

"힘의 축복!"

기본 버프류의 스킬을 각자에게 사용한 대원들은 독을 가진 뱀처럼 일제히 그에게 달려들었다.

유은혜가 손을 쓰기도 전에 벌어진 일이다.

그는 그저 가만히 있었다.

전혀 위협이 되지 않는다는 듯이.

무표정하고 냉소적인 미소만 띠고서.

"나는 내게 검을 들이댄 자를 살려두지 않는다."

그는 말했다.

곧, 그의 말은 현실이 되었다.

고르고 고른 정예.

세계 최강자이라 칭송받는 각성자.

비밀리에 키워진 비밀 병기…….

그들은 싸우는 방법을 안다.

자신보다 강한 자에게 대항할 방법 역시 익혔다.

어느 상황에서든 최상의 결과를 내도록 잔혹한 시간을 견뎌왔다.

엄청난 악조건 속에서도 생존하게 설계되었다.

덕택에 패배를 몰랐으며 실력에 대한 자부심도 있었다.

바위를 뚫는 물줄기처럼 시간의 차이일 뿐 이기지 못하는 상대는 없다고 여기는 자들.

하지만 그 모두가 부질없는 상대를 드디어 만났다.

바위가 아니라, 강철, 그보다도 단단한…… 결코 넘을 수 없는 '벽'을 마주하며 그들이 할 수 있는 일이라곤 비명을 내지르는 일밖에 없었다.

"컥!"

단말마가 퍼졌다. 단말마조차 내뱉지 못하고 절명한 이들도 있었다. 그들의 공통점은 한 남자에게 무기를 들고 달려들었다는 것이었다.

남자는 잔혹했다. 피도 눈물도 없는 냉혈한!

손에 자비를 두지 않았다. 한 번의 움직임에 하나의 생명이 꺼졌다. 움직임을 놓치는 일도 허다했다. 그럼에도 그는 본심이 아닌 듯싶었다.

그야말로 '가지고 논다'는 표현이 정확하리라.

"파마의 화살!"

무기를 든 자들 중 세 명이 남았을 시점.

궁수 직업을 가진 여자 각성자가 비장의 스킬을 사용했다. 화살촉에 주변 대기의 모든 마력이 모여들었다. 보랏빛을 띠며 강렬하게 타올랐다.

"정확한 사격!"

움직임을 예측하여 적을 맞추는 유니크 등급의 스킬.

곧이어 화살이 허공을 타며 날아올랐다.

화르륵!

하지만 그 역시 소용없었다.

남자의 몸에 닿기 전 거센 불길이 일어나 화살을 태웠기 때문이다.

"……!"

활을 쏜 각성자는 눈을 부릅떴다. 이 기술이 막힌 적은 처음인 모양이었다. 그러나 당황은 잠시뿐이었다. 그녀는 금세 정신을 차리고 다음 공격을 준비했다.

아니, 준비하려고 했다.

활대에 손을 걸쳤다. 거기까지가 그녀가 기억하는 마지막 세상의 모습이었다.

쫘득!

남자의 몸에서 정체불명의 번개가 튀어 올랐다. 용 형상의
번개는 여인을 집어삼켰고 순식간에 재로 만들었다. 그 모습
이 마치 용이 먹이를 잡아먹는 것과 같았다.

"그만……! 그만하세요!"

돌연 유은혜가 나섰다. 불과 1분도 채 안 되는 사이에 다
섯이 넘게 죽었다. 가만히 있다간 그나마 살아남은 대원들도
죽게 된다. 그 사실을 깨닫고 나설 수밖에 없었던 것이다.

그가 고개를 돌렸다. 다소 흥미로운 눈초리로.

"그들은 나를 죽이려고 했다. 내가 멈춰야 할 이유가 있
는가?"

"이건 공정하지 않아요!"

"죽고 죽이는 데 공정함 따위가 왜 필요하지?"

올바른 소리였다.

작금의 세상에 이유 있는 죽음은 별로 없다.

공정함 따위를 챙기는 자들은 진즉 땅속에 묻혔다.

착한 이들은 빨리 죽고, 악인만이 판을 치고 있었으니 그
의 말은 틀린 게 하나도 없었다.

그런 의미에서 유은혜는 마지막 양심 중 한 명이었다.

"한 번의 실수가 목숨으로 연결된다면 너무 잔인하지 않나

요? 그만한 아량을 베풀 역량은 지니셨을 텐데요."

유은혜는 인정했다.

그가 데빌헌터 공격대를 이끌던 공격대장이며, 구세주이며…… 마족이라는 사실을.

대원들을 상대하며 보인 스킬들은 납득할 수밖에 없도록 만들었다. 그의 움직임에서 과거의 흔적이 간혹 보였다. 여기서 외면하는 건 현실을 도피하겠다는 의도밖에 되지 않는다. 하여, 유은혜는 자리에서 일어났다. 강철 같은 정신력으로 무장하여 최대한 피해를 줄였다. 과거는 과거에 불과하다. 1분 1초가 바쁘게 돌아가는 작금의 세상에서 과거를 돌아보기엔 너무나도 여유가 없었다.

"내가 아량을 베풀면 너는 내게 무엇을 해줄 셈이지?"

교환을 하자는 것이다.

유은혜는 내심 어이가 없었다.

어차피 그는 그가 하고 싶은 일을 하면 되었다.

이곳에서 그를 막을 수 있는 이는 없었다. 에드워드와 유은혜가 합동을 하더라도 무리다. 옷깃이나 스칠 수 있을지 모르겠다.

그게 바로 강자의 권리라는 것이다.

하나 그는 그 권리를 행하지 않았다.

기회라면 기회인데…….

그의 마음에 들면서 대원들을 살릴 물건이 자신에게 있을 리가 없었다.

"이 조각을 드릴게요. 수련의 방을 통해 얻은 물건입니다."

그가 구세주 행색을 하고 있을 때, 헤어지기 전 유은혜에게 고급 수련의 방에 들어갈 수 있도록 해주었다. 그리고 그곳을 통과하자 모종의 조각을 얻을 수 있었다.

에드워드도 마찬가지다. 혹시 몰라서 자신이 가지고 있었던 두 개의 조각을 그에게 건넸다.

그는 얌전히 조각을 받았다. 하나 마음에 들어 하는 표정은 아니었다.

"이건 내가 잠시 너에게 맡긴 것이다. 이걸로는 교환이 성립하지 않는다."

"무엇을 바라시죠? 대체, 이곳까지 와서……."

울분이 들어찼다. 유은혜는 이를 바득바득 갈았다.

생각해 보면 이상했다.

그는 왜 이곳에 있는 걸까?

아는 이들은 관련된 자들뿐이다.

영국 정부에 정보를 건넨 이가 그리고 하더라도 자세한 사항은 알지 못해야 정상이다.

한데 미리 대기하고 있었다. 누군가가 정보를 넘겼다는 뜻이다.

그렇다면…… 역시 그가 바라는 건 하나였다.

"희망을 가져갈 건가요?"

"헛똑똑이는 아닌 것 같군."

역시!

그의 목적은 희망이었다.

인류의 모든 정수가 깃든, 오로지 마족과 마수를 배제하고자 만든 폭탄.

고위 마족과 마수들은 어지간한 핵폭탄에도 끄떡하지 않는다. 그들이 지닌 마력과 관계가 있다는 조사가 존재했고 실제로 마법 아이템이 마수나 마족에게 훨씬 더 잘 통한다는 기정사실을 통해 온갖 코어와 스킬을 때려 박은 것이다.

'자기희생' 스킬을 통해 죽은 이도 많았다. 모든 마력, 신성력 등을 희망에 불어넣고 말라 죽은 이가 셀 수 없을 정도라고 들었다.

다시 만들려야 만들 수가 없는 그런 아이템이 희망이었다.

그는 그 희망의 존재를 알고서 처음부터 계획을 세운 것이다.

유은혜가 입술을 깨물었다. 슬쩍 고개를 돌려 수레 위에 놓인 희망을 바라봤다.

목숨을 걸고 지켜야 하는 걸까?

승산이 없는 건 안다. 하지만 희망을 뺏길 바엔…….

"네가 걱정하는 게 무엇인지 안다. 그러나 걱정할 필요 없다. 내 목적 역시, 나 외의 마족을 모두 죽이는 것이니."

마족들 간에도 파벌이 있고 사이가 좋지 않다는 건 알고 있었다. 하지만 희망을 사용해서 그들을 일거에 없앤대도 결국 그가 남는다. 그의 진정한 목적을 알기 전까지는 안심할 수 없었다.

"그래서 무엇을 얻으려고 그러는 거죠?"

"나는 지구에 욕심이 없다."

지구를 침략해 놓고는 지구에 욕심이 없다?

이 무슨 궤변이란 말인가.

욕심이 없었다면 애당초 쳐들어오질 말았어야 하는 것 아닌가.

불신을 가득 담고 유은혜가 그를 바라봤다.

솔직히 지금은 '랜달프 브뤼시엘'이라는 이름이 진짜인지도 긴가민가했다.

정말 그에게 진실이 있기는 한 것일까?

"나는 남은 대공 모두를 꺾고 마계로 돌아가 왕이 될 것이다. 지구는 우리의 싸움을 위한 각축장에 지나지 않아. 마족들은 이곳 지구의 멸망을 원하지만, 나는 예외다."

"……운이 나빴다, 이건가요?"

저 말대로라면 지구에 그들이 들어온 건 전혀 다른 이유에 의해서였다는 것이다. 황당하기 이를 데 없는 말이었다.

"그래."

하나 그는 부정하지 않았다.

"믿을 수 없어요. 당신이 다른 마족과 다를 것이라는 소리를. 그렇다면 왜 대원들을 죽였죠? 살리려면 살릴 수 있었을 텐데."

그러자 그가 피식 웃었다.

"착각하지 마라. 나는 마족이다. 네가 상상하는 그런 선함을 나는 가지고 있지 않다. 다만, 다른 마족과 달리 지구의 멸망에 관심이 없을 따름이지. 내게 대적하지 않는 자들을 일일이 찾아가 죽이는 것만큼 비효율적인 일도 없지 않겠나?"

"그럼 다른 마족들은 왜……?"

"오래 산 마족들은 기본적으로 인간을 증오하더군. 짧은 생을 살면서 쉴 새 없이 바뀌는 너희의 자유로움을 부러워하는 것이지. 내게도 그런 감정이 없지는 않으나, 지금 지구에 있는 마족만큼이나 강하진 않다."

"인간의 행세를 하지 않았나요? 데빌헌터 공격대를 이끌었잖아요. 인간이 미웠다면 어떻게 그럴 수가 있죠?"

"너희에게 버틸 수 있는 힘을 주기 위해서였다. 더불어서 이용하려는 목적도 있었지."

"……?"

그는 한 발자국 앞으로 다가왔다. 이윽고 잠시 침묵하던 그가 이어서 말했다.

"나는 홀로 독보하는 마족이다. 다른 대공들과 달리 내겐 파벌이 없다. 그들이 단기적인 목적에 몰두할 때, 나는 장기적인 안목으로 길을 개척할 수밖에 없었다. 그런 의미에서 인간은 아주 유용한 말이었지. 언제고 인간의 검이 다른 마족의 목에 닿으리란 확신이 있었다."

뚜벅.

그의 발자국 소리가 유난히 크게 들렸다.

유은혜는 저도 모르게 한 발자국 물러나며 입술을 깨물었다.

"인간의 가능성은 마족의 그것을 능가한다. 인정하기 싫지만 인정할 수밖에 없는 부분이다. 그러나 그 가능성을 개화하기엔 마족들의 공격이 너무나도 매섭다. 나는 그들로부터 너희를 지키고 고비를 주며 경험을 늘려왔다. 더불어서 너희를 이끌고자 잠시 인간의 행색을 하기도 했지. 물론 내가 자리를 비운 사이 다른 마족이 내 영역에 침범할 줄은 예상 못했지만 말이다."

"혹시……."

아아.

그렇다면.

한국의 던전은.

"내 이름은 랜달프 브뤼시엘. 나는 마족이며, 네 명의 대공 중 하나이며, 지저 세계의 지배자이자…… 던전의 주인이다."

또 있다.

데빌헌터 공격대의 공격대장.

구세주!

그를 표현하는 다른 단어들이었다.

굳이 꺼내지 않은 건 그 사실을 유은혜도 알고 있기 때문이리라.

그는 오만하기 그지없는 얼굴로 마지막 한마디를 던졌다.

"내가 바로 너희의 희망이다."

to be continued

Wish Books

우지호 장편소설

빅 라이프

돈도 없고 인기도 없는 무명작가 하재건,
필사적으로 글을 써도
절망뿐인 인생에 빛은 보이지 않는데……

어느 날,
그가 베푼 작은 선의가
누구도 믿지 못할 기적이 되어 찾아왔다!

'글을 쓰겠다고 처음 결심했던 때를
잊지 말게.'

무명작가의 인생 대반전!
지금 시작됩니다.

예성 장편소설

그라운드의 사령관

Wish Books

촉망받던 야구 유망주 정찬열!

국내 구단의 러브콜을 거절하고 미국행을 선택했지만
별다른 활약을 보이지 못한 채 묻혀 버렸다.

그런 어느 날,
그에게 기회가 찾아왔다!

눈을 떠 보니 고등학교 3학년?

아직 계약하기 전이라고?!

"두 번 다시 같은 실패는 하지 않겠다!"

야구 역사의 한 획을 긋는 그 현장에
지금, 함께하라!

KILL THE DRAGON

킬 더 드래곤

백수귀족 현대 판타지 장편 소설

인간 VS 드래곤

지구를 침략한 드래곤!
3년에 걸친 싸움은 인간의 승리로 돌아갔지만
15년 후,
드래곤의 재침공이 시작되었다!

드래곤을 죽일 수 있는 건 오직 사이커뿐!

인류의 존망을 건 최후의 전쟁.
그 서막이 오른다!

내 안에 몬스터 있다

형상준 현대 판타지 장편소설

태양의 흑점 폭발과 함께 새로운 시대가 찾아왔다!

마나와 능력자, 그리고 몬스터가 존재하는 현대.
그리고 그곳을 살아가는 마나석 가공 판매업자 김호철.
평소처럼 마나석을 탄 꿀물을 마시던 그는
번개에 맞고 신비로운 힘을 각성하게 되는데…….

'내 안에서 몬스터가…… 나왔다?'

그것도 김호철이 먹은 마나석의 개수만큼 많이.